Françoise Sagan · Blaue Flecken auf der Seele

Françoise Sagan

Blaue Flecken auf der Seele

Roman · Aus dem Französischen von Eva Brückner-Pfaffenberger

Ullstein

Titel der französischen Originalausgabe: »Des bleus à L'âme«

VERLAG ULLSTEIN GMBH · FRANKFURT/M · BERLIN · WIEN

Herstellung: May & Co Nachf., Darmstadt
Printed in Germany 1973

ISBN 3 550 06230 3

Erste Auflage Februar 1973
Zweite Auflage März 1973

Für Charlotte Aillaud

Ich habe gesagt,
die Seele ist nicht mehr als der Körper,
Und ich habe gesagt,
der Körper ist nicht mehr als die Seele,
Und nichts, selbst Gott nicht,
ist in den Augen eines jeden größer als er selbst,
Und wer immer
zweihundert Schritte tut ohne Liebe,
der geht zu seinem eigenen Begräbnis
in sein Leichentuch gehüllt.

W. WHITMAN

März 71

Ich hätte gern geschrieben: »Sébastien nahm immer vier Stufen zugleich, er schnaufte dabei ein wenig.« Es hätte mich amüsiert, jetzt die Figuren von vor zehn Jahren wieder aufzunehmen: Sébastien und seine Schwester Eléonore, Theaterfiguren, gewiß, aber aus einem heiteren Theater, aus meinem; und zu zeigen, wie sie völlig abgebrannt, immer heiter, zynisch und schamhaft vergeblich versuchen, à la Maurice Sachs »wieder hochzukommen«, in einem Paris, das tiefbetrübt ist über seine eigene Mittelmäßigkeit. Unglücklicherweise ist die Mittelmäßigkeit von Paris, oder meine eigene, stärker geworden als meine leicht verrückten Bedürfnisse, und ich versuche heute mühsam, mich zu erinnern, wann und wie »das« angefangen hat. »Das« – diese Ablehnung, die Langeweile, dies abgewandte Profil, welche eine Existenz, die mir bis dahin und aus sehr guten Gründen immer verführerisch erschien, in mir erregt. Mehr noch. Ich glaube, daß es 69 war, und ich glaube – leider – nicht, daß die Ereignisse von 68, ihr Elan und ihr Scheitern, viel dazu beigetragen haben. Auch nicht das Alter: ich bin fünfunddreißig Jahre alt, habe gute Zähne, und wenn mir jemand gefällt, klappt es im allgemeinen noch. Nur, ich habe keine Lust mehr. Ich würde gern lieben und sogar leiden und sogar am Telefon zittern. Oder eine Platte zehnmal hintereinander auflegen und morgens beim Erwachen jenen natürlichen Segen der Luft atmen, der mir vertraut war. »Man hat mir den Geschmack am Wasser genommen und dann den Geschmack am Erobern.« Das ist, glaube ich, eine Platte von Brel. Jedenfalls geht das nicht mehr, und ich weiß nicht einmal, ob ich diese Seiten meinem Verleger zeigen werde. Dies ist keine Literatur, es ist kein wirkliches Bekenntnis, es ist eine, die auf der Schreibmaschine klappert, weil sie Angst vor sich selbst hat und vor der Maschine und vor den Morgenden und den Abenden etc. Und vor den anderen. Die Angst ist nicht angenehm, sie ist sogar ziemlich beschämend, und früher kannte ich sie nicht. Das ist alles. Aber dieses »alles« ist erschreckend.

Ich bin nicht als einzige in dieser Situation in diesem Frühling 71 in Paris. Ich höre und sehe um mich her nur unschlüssige, aufgeschreckte Leute. Vielleicht umschleicht uns der Tod, und wir ahnen ihn und sind unglücklich um nichts und wieder nichts. Denn schließlich ist das nicht das Problem. Der Tod – ich spreche nicht von der Krankheit –, der Tod, ich sehe ihn vor mir, samten, in Handschuhen, schwarz und auf jeden Fall unwiderruflich, absolut. Nur fehlt mir das Absolute, wie mit fünfzehn Jahren. Und unglücklicherweise habe ich in meinem Leben so viele Freuden kennengelernt, daß in mir dieser Begriff des Absoluten nur in Augenblicken auflebt, die ich mit verzweifelter Anstrengung als vorübergehend betrachten will – in Augenblicken der Schwäche, des Zurückweichens. Aus Stolz, gewiß, und noch einmal, aus Entsetzen. Mein Tod ist das geringste Übel.

Aber all das Erschreckende: diese fortwährende Gewalt, überall, die Mißverständnisse, dieser Zorn, der so häufig gerechtfertigt ist, die Einsamkeit, dieses Gefühl eines immer schnelleren Sturzes in eine Katastrophe. Diese jungen Leute, die jetzt schon den Gedanken nicht ertragen – so sehr wurde er ihnen in die Köpfe gehämmert –, eines Tages ihre Jugend zu verlieren, und diese »reifen« Leute, die sich auch seit drei Jahren mit aller Kraft dem Altern widersetzen und sich dagegen sträuben. Und die Frauen, die den Männern gleich sein wollen, und die vernünftigen Argumente, die Gutgläubigkeit gewisser Leute und die unerbittliche Lächerlichkeit anderer, die dennoch menschlich sind und alle demselben Gott untertan, den sie verleugnen wollen, dem einzigen: der Zeit. Aber wer liest schon Proust?

Und die neue Sprache und die Nicht-Kommunizierbarkeit und die Milch der Menschlichkeit, die manchmal wieder da ist. Selten. Und manchmal ein wunderbares Gesicht. Und das Leben, das verrückte. Es kam mir immer vor wie ein verrückt mütterliches, reißendes Tier. Es ist Bloody Mamma und Jokaste und Lea und gewiß am Ende immer: Medea. Wirft uns hier auf diesen Planeten, der nicht einmal mehr – o äußerste Kränkung – der einzige zu sein scheint; und wenn ich sage »Kränkung«, so meine ich »Kränkung«, denn das einzige Leben, das einzige Denken, die einzige Musik, die einzige Geschichte gehörte ja schließlich uns. Und wenn es noch andere gäbe? Und wenn unsere Mutter, das Leben, diese ehebrecherische Lügnerin, noch andere Kinder hätte, irgendwo anders? Wenn der »Mensch«, der Mensch der Apollo-Rakete, sich in den Weltraum wirft, dann nicht, um seinen Bruder zu finden, dessen bin ich mir sicher. Sondern um sich zu bestätigen, daß er keinen hat und daß diese elenden siebzig Jahre, die er zu leben hat (die sie ihm gewährt), ihm allein gehören. Es genügt eigentlich, sich die Köpfe der »mutmaßlichen« Marsmenschen anzusehen. Weshalb sollten diese Marsmenschen klein und häßlich sein? Weil wir eifersüchtig sind. Und weiter, »es gibt kein Gras auf dem Mond, nicht wahr?« Nein, »das Gras gehört uns«.

Und diese gute, ach so nationalistische, ach so geängstigte Erde beruhigt sich und zerfleischt sich alsbald munter, reißt sich das Gras vom Munde weg oder begießt sich mit Blut und alles in einer einzigen absurden Bewegung.

Und all diese Schwachköpfe, die sich mit dem »Volk« befassen, die mit einer so rührenden Ungeschicktheit in ihrem linken Mäntelchen vom »Volk« reden und die uns am Ende ermüden, weil wir, die wir die Rechten hassen, uns ständig bemühen müssen, sie zu verteidigen, und weil wir verhindern müssen, daß irgendein rasender Verrückter (oder ein ruhiger) daraus – aus diesem elenden Mantel – wirklich einen Fetzen macht, den man unmöglich mehr tragen kann. Das Volk.

Nicht zu wissen, daß das Wort selbst schon verletzend ist, daß es einen Mann gibt plus einen Mann plus eine Frau plus ein Kind plus einen Mann etc., daß jeder einzelne sich deutlich von allen anderen unterscheidet, auch in seinen tiefsten Ansprüchen, und daß dieser einzelne es aus Mangel an Möglichkeiten niemals wird lesen noch hören noch sehen können. Sartre, der ungeschickt und aufrichtig auf sein Faß geklettert war, hatte – vielleicht – verstanden. Und Diogenes, der aus dem Innern des seinen zu jedem sprach. Sie sind es, die Verständnis haben und das Wissen um ihr Verständnis, und über sie macht man sich lustig. Nebenbei, sie machen sich nichts daraus. Für einen scharfen Geist unserer Epoche ist das Lächerliche, das »Lächerlich-gemacht-Werden«, eine großartige Sache. Großartig und beunruhigend – weil großartig. Weder Stendhal noch Balzac hätten es ertragen. (In ihrem Werk natürlich.) Der einzige Prophet dieser Art war für mich – Dostojewskij.

Und nun habe ich über das Leben geredet statt über Sébastien Van Milhem, einen überaus heiteren und überaus verzweifelten schwedischen Aristokraten. Aber was weiß ich? Vielleicht taucht er wieder auf, und dann werde ich über seine Affären reden. Das ist mein Metier, ich schreibe, und ich liebe das, und ich lebe davon ausgezeichnet. Das Leben mit seiner animalisch-weiblichen Seite kommt mir vor wie eine behutsam zärtliche Katze, die einige ihrer Jungen am Genick packt und spazierenführt (und das bedeutet ein recht bequemes Dasein). Andere packt es aber am Kreuz. Und in dieser schwankenden Position befindet sich ein großer Teil unserer Zeitgenossen, die den Sturz suchen, um Ruhe zu finden. Oder an einer Pfote, und vergessen wir die Liebebesessenen, die in die Falle Geratenen, die großen Kranken und einige Dichter. Vergessen wir sie. Das ist übrigens idiotisch, ich werde niemals die Dichtung vergessen; ich habe niemals etwas anderes geliebt, und ich habe sie niemals selbst zustande gebracht.

Und indessen hätte ich es sogar schnell fertiggebracht, den Duft des Grases heraufzubeschwören und einen Korb voller getrockneter, duftender Gräser in diesen zynischen Roman zu streuen, an der Wende eines Kapitels. Nun bin ich beschränkt auf dies: benennen. Denn ich bin jetzt gezwungen, den Duft des Grases, wenn ich mich darauf ausstrecke und mein Gesicht hineinlege, mir mit Namen vorzusagen: dies ist Monsieur der Duft des Grases. Und das Meer, dieses verrückte Meer muß ich auch meinem Körper vorstellen: dies ist deine große Freundin, das Meer. Er erkennt es wieder, aber er springt ihm nicht entgegen. Ich bin eine sanfte Mutter, die ein bockiges Kind in Vichy spazierenführt: ihren eigenen Körper. »Sag Madame Dupont guten Tag, sie war so nett zu dir während ihrer Kur im letzten Jahr (oder vor zehn Jahren).« Und das bockige Kind weigert sich. Selbst dem Duft der Liebe und ihrem Zauber verweigert es sich manchmal. Und meine Augen wenden sich entsetzt von den schönen Farbreklamen in den Zeitschriften ab, in denen durchsichtige Meere sich an roten Felsen reiben und Strände ohne Fehl und Tadel in gerader Linie antreten, alles für eintausenddreihundertundfünfzig Franc hin und zurück. »Oh, sollen sie hingehen, seufzt mein faschistischer Körper, sollen sie allesamt dorthin gehen, sollen sie braun werden und sich an diesen Orten amüsieren, die so häufig für mich der Grund zum Leben waren, meine Liebe, meine Beute. Sollen sie sie sogar behalten. Es leben die Clubs Mediterranées. Nieder mit dem Meer gleichen Namens! Soll es sich tummeln mit seinen jungen Kadern, seinen alten Kadern, seinen Campern, die arme Verrückte! Ich werde es nicht mehr besingen, ich werde es vergessen; und wenn ich zufällig einmal dort einen annehmbaren Tag verbringe, zum

Beispiel im April, werde ich einen Fuß oder eine zerstreute, fröstelnde Hand hineintauchen. Das Meer und ich, die so oft ...« Welch eine Traurigkeit, das ist es wohl, das Altern: die Seinen nicht mehr erkennen. Und was soll ich über die vielen Körper sagen, die meinem nacheinander gefolgt sind, seit fünfzehn Jahren, und zu denen ich von Zeit zu Zeit zurückkehrte, um zu schlafen oder mich aufzuheitern, und vor denen ich jetzt fliehe, als sei ich plötzlich wieder in jenen Körper verpflanzt, von dem Eluard spricht: »Den mageren und eitlen Körper, das Tier meiner Kindheit, diesen verzweifelten Körper des Vogels«?

Sébastien nahm immer vier Stufen zugleich, er schnaufte dabei ein wenig. Die sechste Etage war trotzdem für ihn allmählich ein bißchen zu hoch. Nicht sein Gewicht behinderte ihn, aber nein, sondern zehntausend Zigaretten, die mehr oder weniger der Vergangenheit angehörten, und zehntausend Gläser verschiedener Getränke, deren Verschiedenheit allein ihn zum Lachen brachte. Wahrhaftig, er wäre geneigt, diese letzten Jahre eher nach seinen Lieblingsgetränken zu unterscheiden als nach seinen Frauen. Da war das Jahr »Negroni« gewesen, das, wenn man so will, mit dem Jahr Hedda übereinstimmte, und das Jahr »Dry«, das, wenn auch länger, dem Jahr Mariella Della gleichkam. Und das Jahr »Mit Rum«, in Brasilien, mit Anne-Marie. Mein Gott, wie er sich amüsiert hatte! Er, der im Grunde kein Herumtreiber, nicht einmal Alkoholiker war, aber den die Zusammenstellung: eine Frau und ein Glas entzückte. Wie dem auch sei, immer beherrschte Eléonore, seine Schwester, sein

Dasein, und sie ohne Alkohol oder mit jeder Art Alkohol. Auf jeden Fall waren das Leben ohne sie, der Alkohol ohne sie nur fades Wasser. Wahrhaftig, recht bequem, in dieser Hinsicht in seinem Leben durch jemand gebunden zu sein, der – was Eléonore auch immer dazu sagen würde – ebenso sein Sklave war wie er der ihre. Hin und wieder ärgerte sie sich, heiratete, verschwand, und nach einigen verworrenen Monaten, einigen Streitereien, von denen sie ihm erst sehr viel später erzählte – aber unter welch unbändigem Lachen! –, kam sie zu ihm zurück. Ob reich oder arm, erschöpft oder in strahlender Gesundheit, ob melancholisch oder heiter, aber immer kam die verrückte, die unvergleichliche, die schöne Eléonore, seine Schwester, zu ihm zurück.

Diesmal kamen sie gemeinsam von einem langen Aufenthalt bei einem Ehemann von Eléonore in Skandinavien, und ihre Lage sah übel aus. Es war wie ein Wunder, daß ein alter Freund Sébastiens ihnen diese beiden Zimmer in der Rue de Fleurus geliehen hatte. Und sie durften kaum etwas auf der Bank oder in der Tasche haben. Eléonore überließ ihm sofort ihre zwei oder drei wunderbaren Schmuckstücke, denn sie hängte sich an nichts, aber was tun damit? Überdies waren sie ein Trumpf für eine Frau.

Sébastien läutete an ihrer Tür, und sie öffnete ihm sofort im Morgenrock.

– Oh, der arme Junge, sagte sie und stützte ihn bis zu einem wackligen Sessel, oh, der arme Junge, keucht auf der Treppe, in seinem Alter ... Ich habe dich heraufkommen hören, ich hatte Angst, du würdest zusammenbrechen.

Er legte mit gequälter Miene die Hand auf sein Herz.

– Ich werde alt, sagte er.

– Und ich (sie begann zu lachen), wenn ich mich auf diese Treppe einlasse, dann bin ich zuerst Isidora Duncan, ich schwebe. Oben bin ich Fats Domino. Hast du jemand gefunden?

Jemand war dieser von der Vorsehung gesandte Jemand, der den Bruder und die Schwester in Anbetracht ihres Charmes, ihrer Lustigkeit und ihres Glücks einige Zeitlang aushalten würde. Diese Person hatte sie in ihrem Dasein niemals im Stich gelassen, und im allgemeinen war es Sébastien, der sie entdeckte, während Eléonore, wie diesmal, zu faul war auszugehen.

– Nichts, sagte Sébastien. Arturo ist in Argentinien, die Villavers sind im Urlaub; und Nicolas, ob du es glaubst oder nicht, Nicolas arbeitet.

Ein Ausdruck von Zweifel und leichtem Entsetzen trat in Eléonores Augen. (Arbeit war niemals die Stärke der Van Milhems gewesen.)

– Welch eine Stadt, sagte sie. Hör zu, ich habe eine gute Neuigkeit, ich kann mich kleiden ganz egal wie. Weg mit den großen Couturiers: eine Gardine, lange Hosen, an Galaabenden mein Schmuck dazu, alles geht. Ich habe mich auf der Straße umgesehen. Vorausgesetzt ich vergesse nicht, daß ich neununddreißig Jahre alt bin, dann bin ich gerettet . . . Und außerdem werde ich nicht die einzige sein . . .

– Um so besser, sagte Sébastien. Ich habe niemals daran gezweifelt.

Er hatte recht: mit ihren phantastischen Beinen, ihrem schlanken und muskulösen Körper, ihrem so schön geschnittenen Gesicht, den hohen Wangenknochen, den klaren Augen, die schräg zu den Schläfen hinauf verliefen, war und blieb Eléonore herrlich. Sein Gesicht, das vom selben Knochenbau war wie das seiner Schwester, trug immer den Zug des empfindsamen Skeptikers. Nein, sie würden sich schon zurechtfinden. Er reckte sich.

– Die Langeweile, die kommt anscheinend daher, daß es hier an Männern fehlt. Es wird unvermeidlich sein, daß ich mit mir selbst zahle, vielleicht schon vor dir.

– Das geschieht dir recht, sagte sie. Woher weißt du das?

– Von Nicolas. Offenbar lieben sich viele Männer wild durcheinander, und die Frauen verwüsten heulend die Stadt und suchen ein Opfer. Und wenn sie Ruhe halten, dann rücken die Studenten nach. Ach, der Parasitismus ist auch nicht mehr, was er einmal war.

– Läster nicht. Sieh, wie schön Paris ist.

Er lehnte sich an das Fenster, dicht neben ihr. Die Wand ihnen gegenüber war in rosiges Licht getaucht, und auf allen Dächern um sie her schimmerten Lichtreflexe. Ein Duft von frischer Erde stieg aus dem Luxembourg auf und war stärker als der Benzindunst.

Er begann zu lachen:

– Wenn du dich mit einer Gardine bekleidest, darf ich mir dann die Haare wachsen lassen?

– Beeil dich damit. Ihr Fall ist nahe.

Und er gab ihr einen kleinen Fußtritt gegen die Beine. Er hatte keine einzige Sorge mehr.

Vielleicht müßte ich eigentlich ein Theaterstück aus der Geschichte meiner beiden seltsamen Vögel machen. Das hier sieht kaum nach einem Romananfang aus. Vielleicht hätte ich meine Figuren, das Dekor – wie sagt man? – »breiter ausführen« müssen. Vor allem das Dekor ist ziemlich kärglich. Aber die Dekors langweilen mich zu Tode, nur bei einigen wenigen Schriftstellern nicht, die daran einen so ausgeklügelten, so köstlichen Genuß finden, daß ich mich dabei ertappe, wie ich an ihrer Stelle vor Glück lächle. Da haben wir es, natürlich, ich lese mich noch einmal: sechs Etagen, ein wackliger Sessel, Dächer (logisch, im sechsten Stock), das ist wenig. Wirklich, mir scheint die bescheidene und prekäre Situation meiner Helden mit diesen sechs Etagen ausreichend beschrieben. Ich habe die hohen Etagen immer verabscheut: beim Hinaufsteigen gerate ich außer Atem, und beim Hinuntersteigen wird mir schwindelig. (Wegen fünf Etagen habe ich einmal auf jemanden verzichtet. Er hat es niemals erfahren.) Ich unterstelle den Van Milhems meine persönlichen Idiosynkrasien und lasse sie damit in einer leeren Wohnung; schlimm, schlimm. Sie sind heiter, das ist das allerbeste Dekor. Zumal es jetzt dringend notwendig wird, daß ich jemand finde, der sie ernährt, und daß dieser jemand nicht lächerlich konventionell ist. Ich weiß nicht, wo ich ihn finden soll. Die reichen Leute schreien immer, sie hätten kein Geld, die armen Leute haben keins und sagen das etwas leiser; und dann die Steuern etc. Soweit ist es mit dem Frankreich von 1971 gekommen. Die Rücksicht auf die Wahrscheinlichkeit wird mich zwingen, meine charmanten Van Milhems von einem Ausländer unterhalten zu lassen. Vorzugsweise mit Wohnsitz in der Schweiz. Das ist meinem Nationalstolz äußerst unangenehm. Aber ich kann auf der anderen Seite Eléonore nicht bei Marie-Martine arbeiten lassen, oder in einem Konfektionsgeschäft. Das wäre etwa so, als wolle man Sébastien in die Bank oder an die Börse schicken. Sie würden beide daran zugrunde gehen. Entgegen allen verbreiteten Vorstellungen ist die Faulheit eine ebenso starke Droge wie die Arbeit. Wenn man einen Arbeitsbesessenen außer Betrieb setzt, dann – so scheint es – siecht er dahin, wird deprimiert, magert ab etc. Aber ein Faulenzer, ein wirklicher Faulenzer verfällt nach einigen Wochen Arbeit ebenso in einen »Mangelzustand«. Er siecht dahin, wird deprimiert, magert ab etc. Ich werde Sébastien und Eléonore nicht an Arbeit sterben lassen. Man hat mir meine kleine müßige und blasierte Welt, und tralali und tralala, zur Genüge vorgeworfen; das ist kein Grund, meine beiden müden Schweden auf dem Altar der Kritik zu opfern. Das werde ich später machen, mit anderen, in einem anderen Buch (wenn Gott und mein Verleger mir mein Leben erhalten). Eines Tages werde ich von Gehaltslisten, Autos auf Kredit, dem Fernsehen und normalen Leuten reden. Falls noch welche übrig sind. Ich kenne Leute mit Autos wie kleine metallene Schachteln, und die Eingeschachtelten genießen sie heimlich inmitten der lieben, guten, alten Luftverpestung. Sie legen eine Stunde – eineinhalb Stunden zwischen ihr Büro und ihr Haus, und sie sind zufrieden. Weil sie eine Stunde lang a l l e i n sind in ihrer kleinen Schachtel. Keiner kann sich zu ihnen setzen, sie ansprechen, »aggressiv« gegen sie sein, wie die Psychiater sagen. Laßt einen Mann oder eine Frau, die arbeitet, das eingestehen ... Das Auto: Zuflucht, Iglu, Mutterschoß etc. Ja, meiner Ansicht nach ist das kein Aggressionsinstrument, was die Männer jeden Sonntag mit kleinen Spezialtüchern putzen, es ist ihr Alleinsein und ihr einziger Luxus.

Vorsicht vor der heiteren Stimmung. Ich mißtraue dieser leichten Euphorie, die nach einem schwierigen Anfang einen Schriftsteller am Ende von zwei oder drei Kapiteln befällt und ihn Dinge vor sich hinmurmeln läßt wie: »Sieh da, sieh da, der Mechanismus läuft wieder!« – »Sieh da, sieh da, es läuft wieder an!« Anspruchslose Mechanikerphrasen, gewiß, aber manchmal gefolgt von: »Sieh da, sieh da, ich werde mich nicht umbringen müssen.« (Ein mehr lyrischer, aber manchmal wahrer Satz.) So faselt der Schöpfer vor sich hin und unterscheidet sich durch diese Dissonanz des Tons von seinen Klassenkameraden, den anderen menschlichen Wesen. Diese Euphorie ist gefährlich, denn man glaubt, nun seien die »Grundlagen gelegt« (immer diese Verweise auf konkrete Berufe), und warum unter diesen Umständen und nach all den großen Ängsten nicht ein wenig spazierengehen? Vor allem, wenn in der Nähe, eingetaucht in die schräge gelbe Märzsonne, ein verlassenes Deauville liegt. Ich verstand vorgestern, als ich diese schwarzen einsamen Häuser sah, vor dem leuchtenden Himmel, dieses angemessen verlassene Meer (wir haben niemals eine leidenschaftliche Beziehung zueinander gehabt, der Ärmelkanal und ich, aus Temperaturgründen), ich verstand, weshalb alle jungen Regisseure im Winter ihre Kameras und ihre Helden hierher geschleppt haben. Zugleich sagte ich mir, daß ich im Kino niemals das Bild eines Mannes und einer Frau, die über den Strand laufen, ertragen könnte, übrigens ebensowenig wie das Bild von zwei (oder zwölf) Personen, egal welchen Geschlechts, nackt im Bett, das Bettuch mehr oder weniger weit zurückgeschlagen. Ich vermelde hier den Amateuren der Schlüpfrigkeit: in diesem Roman wird es nicht das geringste dergleichen geben. Allerhöchstens: »Eléonore kam diesen Abend nicht nach Hause«. Das stimmt schließlich! Was haben sie aus der wilden Leidenschaft der Nacht gemacht, aus den Worten, in die Schwärze geflüstert, aus dem »Geheimnis«, dem gewaltigen Geheimnis der physischen Liebe? Unbändigkeit, Schönheit, Stolz der Lust, wo seid ihr geblieben? Man sieht eine Dame mit geschlossenen Augen in einem Bett den Kopf von rechts nach links bewegen, dazu das Profil, den muskulösen Rücken eines armen Burschen, der sich im Takt bewegt, und man wartet friedlich in seinem Sessel ab, daß die beiden damit fertig werden. Man bringt es soweit, daß man die Leute beneidet, die das noch schokkiert: das lenkt sie wenigstens ab. All die Bündel, die Tonnen menschlichen Fleisches, die man uns heutzutage ins Gesicht geschleudert hat, gebräunt, bleich, stehend, sitzend, liegend, wie langweilig! Der Körper, seine Lust ist auch zum Konsumgut geworden. Die Armen ... Sie glaubten, lächerliche Vorurteile zu zerstören, sie haben eine herrliche Mythologie zerschlagen. Hin und wieder versäume ich zu schreiben: »Aber ich verliere den Faden«, eine alte Höflichkeit gegen den Leser, hier aber idiotisch, denn es ist meine Absicht, den Faden zu verlieren. Übrigens ist mir diese Abschweifung in die Geschichte der Erotik auf die Nerven gegangen. Ich mache mich wieder auf zu meinen Van Milhems, »die all diese Dinge häufig tun, aber nie davon reden«.

Das Restaurant war sehr gut. Eléonore hatte neun Austern bestellt, die unter dem Zitronensaft noch zuckten, und eine gebackene Seezunge. Das ganze mit sehr trokkenem Pouilly Fuissé. Sébastien war ausgehungerter, er machte sich über ein Ei in Gelée her und ein Pfeffersteak, ein richtiges Pfeffersteak, das er mit Beaujolais herunterspülte. Es gab keinen Bouzy, was sie einige Sekunden bedauerten. Entgegen seinen Erwartungen war Eléonore nicht in eine Gardine gekleidet. Sie hatte durch einen Streich des Zauberstabs, den nur sie besaß, auf der Straße eine tüchtige, häßliche und ergebene alte Freundin getroffen, von der jede Frau träumt; die hatte sie zu einem Freund geführt, einem wahren Meister der Modellkonfektion, zahlbar »irgendwann später«. Er war so fasziniert von Eléonore, daß er obendrein noch einige Kleider für sie, über sie, gezeichnet hatte und auf ihr, nebenbei ganz großsprecherisches Angebot, einen Scheck auszuschreiben, ablehnend mit den Armen wedelte. Und so kam es, daß Eléonore luxuriös gekleidet Sébastiens letzte neuntausend alte Francs – und also auch die ihren – auf der Terrasse eines Restaurants in der Rue Marbeuf verpraßte.

– Nach diesem Mittagessen und nach meiner Rechnung haben wir noch zwei- bis dreitausend Francs, sagte Sébastien und kniff die Augen zusammen, weil er mit dem Gesicht zur Sonne saß. Nimmst du ein Dessert? Nein? Nun, dann können wir ein Taxi nach Hause nehmen.

– Das ist idiotisch, sagte Eléonore, denn wenn ich ein Blätterteigstück bestellt hätte, wäre es gewissermaßen unumgänglich geworden, mich per Taxi zu transportieren. Das Leben ist schlecht eingerichtet.

Sie lächelten sich zu. Kleine Falten zeigten sich nun im harten Märzlicht auf ihren Gesichtern. »Meine Alte, dachte Sébastien, meine Alte, ich werde dich da herausholen.« Und eine plötzliche Rührung schnürte ihm die Kehle zu und brachte ihn aus der Fassung.

– Auf deinem Steak ist zuviel Pfeffer, sagte Eléonore zerstreut, du hast Tränen in den Augen.

Sie hatte den Blick gesenkt. Machte sie sich bewußt, daß sie nur zwei Nichtsnutze waren in einer mit einem Schlag fremden, gehetzten und gegen den Charme und den Zauber der Van Milhems kalten Stadt? Die Leute starrten sie an, natürlich, aber sie hätten ins Maxim gehen sollen, zum Plazza, sich sehen lassen und kokettieren. Und sein Anzug war nicht mehr so ganz neu. Er leerte sein Glas Wein in einem Zug.

– Heute abend, sagte Eléonore träge, werden wir eine Dose Ravioli kaufen, ich mag sie furchtbar gern. Und wenn dich das nicht langweilt und du das Radio deines Freundes in Gang bringen kannst, hören wir uns das Champs-Elysées-Konzert an. Es wird übertragen. Wir werden das Fenster öffnen, es wird herrlich sein.

– Was spielen sie?

– Mahler, Schubert, Strauss. Ich habe es eben gerade gesehen. Welch ein köstliches Essen, Sébastien.

Und sie streckte zum Zeichen ihres Glücks ihre langen Arme, ihre langen Hände vor sich aus. Ein Mann hinter ihr fing diese Geste mit dem Blick auf, und Sébastien sah amüsiert, wie er vor Verlangen bleich wurde. Er fixierte Eléonore, schon seit sie eingetreten war, mit einem sehr klaren, unbewegten Blick, welcher Sébastien, der ihm gegenübersaß, schließlich lästig wurde. Er hatte einen abgetragenen Anzug an, dicht neben sich eine Aktentasche und eine grauenhafte Krawatte. Er mußte ein kleiner Angestellter aus dem Viertel sein, ein bißchen auf Frauen versessen. Aber die Unschuld seiner Beharrlichkeit gemahnte an etwas anderes. Eine Geisteskrankheit vielleicht. Als sie sich erhoben, um zu gehen, stand er gleichfalls auf, als hätten sie am selben Tisch gesessen, und warf auf Eléonores Gesicht, das sich ihm nun endlich zeigte, einen verstohlenen, kindlichen Blick, der sie sehr verwirrte.

– Er hat deinen Nacken nicht aus den Augen gelassen, sagte Sébastien auf den erstaunten Blick seiner Schwester hin. Gehen wir ein bißchen spazieren, oder willst du nach Hause?

– Ich würde gern dieses Buch zu Ende lesen, sagte sie.

Sie verschwand manchmal ganze Tage in ihren Büchern, und die ergebene Freundin hatte direkt in der Rue de Fleurus eine Leihbücherei gefunden, deren Besitzer augenblicklich von Eléonore hingerissen war und ihren großen Bücherhunger mit Nahrung versorgte. Sie lag stundenlang auf der Couch ausgestreckt und las, ein bißchen wahllos, und Sébastien kam und ging, unterhielt sich mit den Tabakverkäufern oder den Wärtern im Luxembourg und übte, die sechs Stockwerke methodisch hinaufzusteigen. Dieses köstliche Leben würde heute abend nach den Ravioli und Mahler ein Ende haben. Und er geriet darüber in stille Verzweiflung.

Immer noch keine Lösung für die Van Milhems. Keine Möglichkeit, selbst für sie, in diesem Moment in Paris leichtes Geld zu finden. Die Gegenwart des Besessenen, die ich nicht vorausgesehen habe, macht mich ein wenig neugierig. Was werde ich mit ihm anfangen? Eléonore verabscheut die Wahnsinnigen, wenn mein Gedächtnis mich nicht täuscht. Jedenfalls weise ich meine treuen Leser darauf hin, daß ich ihnen zum erstenmal seit achtzehn Jahren Literatur ein Menü anbiete. Ein richtiges Menü. Austern, Fisch etc. Und Weine. Und sogar einen annähernd richtigen Preis. Ich weiß, ich werde schließlich noch überladene und endlose Romane schreiben. Ich und die Beschreibung eines Hauses, das Außen, das Innen, die Farbe der Vorhänge, der Stil der Möbel (help!), das Gesicht des Großvaters, das Kleid des jungen Mädchens, der Geruch des Dachbodens, die Reihenfolge, in der man zu Tisch geht, die Form der Gedecke, der Gläser, der Servietten und, zum Schluß, so etwas wie: »Man sah, wie auf einer Schicht von Lorbeer, umringt von Tomaten und brennendroten Pfefferschoten ein toter Karpfen aufgetragen wurde, dessen graue Haut, die sich an einigen Stellen abgelöst hatte, noch das irrsinnige Weiß unterstrich.« Vielleicht ist das das Glück für einen Schriftsteller. Schluß mit dem musikalischen Plätschern, es lebe das Geträller! Da ich nun schon von musikalischem Plätschern rede, die zweite Warnung an den unglücklichen und mutmaßlich treuen Leser: ebenso wie es in diesem Buch keine Schlüpfrigkeiten geben wird, genauso wird es kein einziges autobiographisches Element geben, keine lustige Erinnerung an Saint-Tropez 54, nichts über meine Lebensweise, meine Freunde etc.

Aus zwei Gründen. Der wichtigste in meinen Augen ist, daß das nur mich angeht. Und daß, zum zweiten, wenn ich mich über Fakten hermache, meine Phantasie – die wahrhaft die Irre im Oberstübchen ist – mir meine Erzählung auseinanderbiegen, auf irgend etwas ablenken wird, das mich zum Lachen bringt. Vermeiden wir genauere Angaben, ich riskiere dann nicht, daß ich lüge. Ich werde mich höchstens in meinen Zitaten irren. Amen. Aber in aller Aufrichtigkeit.

Es wäre übrigens komisch, wenn diese Aufrichtigkeit (meine), die so oft die Journalisten entmutigt hat – und wie ich sie verstehe (die Interviews mit Dali machen mich überglücklich) –, es wäre amüsant, wenn diese Aufrichtigkeit, dieses friedliche Rindvieh, das ich seit meiner Geburt an der Leine mit mir herumschleppe (ich rede offensichtlich über Hauptmotive), sich plötzlich verwandelte, zwischen all den Muletas, mit denen man ihm vor dem Maul herumwedelt: Israel, Rußland, Polen, der Nouveau Roman, die Jugend, die arabischen Länder, der Kommunismus, Solschenizyn, die Amerikaner, Vietnam etc.; wenn dieses unglückliche Säugetier also, unfähig, das zu seiner Erhaltung und seinem Weltverständnis notwendige Gras zu rupfen und zu verdauen – wohin ich mich schließlich wie jedermann schleppe –, zu diesem rasenden Stier geworden wäre, der mich dieses Buch im kleinen Galopp schreiben läßt. Leichtsinnig, dieser Stier, »das zugleich gebrochene und gestählte Herz«. Nicht etwa, daß ich meine Picadores heruntermachen will – diese Menschen, die so tun, als hätten sie den Schlüssel, und ihn nicht haben, die armen, und die sich beim So-Tun völlig heiserschreien. Das sind meine Freunde, natürlich. Meine Feinde, die empören sich schon seit langer Zeit gegen den Wolf im Schafspelz, den Juden, den Neger etc. Die Picadores, von denen ich spreche, sind jene, die noch die Taube Demokratie beschwören, diese Freiheit, in die sie verliebt sind – wie ich übrigens –, aber ich beginne allmählich zu fürchten, daß sie lieber ihre Federn in deren enthusiastischen Händen läßt und eher gerupft dorthin fliegt, wo sie will, als sich irgendwo auf dieser Welt niederzulassen. Frei, zurückzukehren, heimwehkrank nach unseren zärtlichen Worten, sich halb abschießen zu lassen von denen, die unsere Stimme nachahmen. Wenn ich sage »wir«, so spreche ich nur von jenen armen Leuten, die sich nicht mit aller Gewalt zu Richtern und Experten aufwerfen. Ich fürchte, es gibt davon nicht mehr viele. Kehren wir zu unseren Schweden zurück, tauchen wir sie in Seide, Gold und Mazurken. Die unrhythmischen Sprünge (von einem Fuß auf den anderen) unserer Politiker- und Denkerköpfe machen mich rasend. Vergessen wir sie.

Das Konzert war sehr schön gewesen, obwohl Eléonore die Ravioli hatte anbrennen lassen und Sébastien vor Hunger ein etwas flaues Gefühl im Magen hatte, das er mit Hilfe von Zigaretten zu beruhigen suchte. Das Fenster war weit zur Nacht hin geöffnet, und Eléonore saß auf dem Boden, von ihm abgewandt, so daß er nur ihr so vertrautes und doch so fernes Profil sehen konnte, das sich ruhig der Nacht zuwandte. »Die einzige Frau, die ich manchmal gern fragen würde: woran denkst du?« überlegte er. Die einzige auch, die ihm niemals geantwortet hätte.

Das Telefon läutete, und sie fuhren hoch. Niemand wußte, daß sie dort waren, auf ihrer kleinen Insel in der sechsten Etage, und Sébastien zögerte einen Augenblick, bevor er heranging. Dann nahm er sachte den Hörer ab: es war das Leben, das sie zur Ordnung rufen wollte, er spürte es, für ihre Finanzen gerade zurecht, aber zu spät für ihre seelische Verfassung. Warum hatten sie sich eigentlich nicht umgebracht, dort, in der Tiefe, nachdem sie dem Dasein vierzig Jahre lang gute und treue Dienste geleistet hatten? Er wußte, Eléonore wäre ihm gefolgt, obwohl sie in keiner Weise der Welt der Selbstmörder angehörte.

– Hallo, sagte eine männliche, aber erregte Stimme, Robert? Bist du es?

– Robert Bessy ist nicht da, sagte Sébastien höflich. Er muß in diesen Tagen zurückkommen.

– Ja aber? . . . sagte die Stimme. Und Sie? . . .

Die Leute heutzutage sind reichlich schlecht erzogen, dachte Sébastien. Er überwand sich.

– Er war so freundlich, mir während seiner Abwesenheit die Wohnung zur Verfügung zu stellen.

– Ja aber, dann sind Sie Sébastien, das ist ja wunderbar! Robert redet unentwegt von Ihnen . . . Hören Sie, ich wollte ihn bitten zu kommen, heute abend wird ein sehr lustiger, sehr chicer Club eröffnet, die Jedelmans... Kennen Sie die Jedelmans? Würde es Ihnen Spaß machen, wenn ich Sie mitnehme? Sébastien warf Eléonore einen fragenden Blick zu. Die Stimme des Aufgeregten dröhnte wie durch einen Lautsprecher.

– Ich kenne Ihren Namen nicht, sagte Sébastien langsam.

– Gilbert. Gilbert Benoit. Also, abgemacht? Hier die Adresse . . .

– Ich wohne mit meiner Schwester in der Rue de Fleurus, unterbrach ihn Sébastien. Ich denke, wir können in einer halben Stunde fertig sein, denn wir werden auf gar keinen Fall allein dorthin gehen, ohne sie zu kennen, zu Monsieur und Madame ...

– Jedelman, stammelte die Stimme. Aber das ist ein Club und ...

– Jedelman, gut. Würden Sie bitte in einer halben Stunde vor der Tür sein, oder ist es Ihnen lieber, wenn wir uns später treffen?

Eléonore beobachtete ihn mit leuchtenden Augen. Er spielte verdammt gut, denn sie hatten absolut nichts, wovon sie ein Taxi bezahlen könnten, da sich im Lebensmittelgeschäft zu der Dose Ravioli wie von selbst eine Flasche Chianti gesellt hatte.

– Ich werde unten sein, sagte die Stimme. Natürlich. Ich hatte nicht gedacht ...

– Übrigens, sagte Sébastien, ich heiße Sébastien Van Milhem und meine Schwester Eléonore Van Milhem. Ich sage Ihnen das für die späteren Vorstellungen. Bis bald.

Er legte auf und brach in Lachen aus. Eléonore lachte leiser und betrachtete ihn.

– Was ist das, die Jedelmans?

– Weiß der Himmel. Die fetten Vermögen lieben jetzt Limonade. So wird es mit seinem Club auch aussehen. Was ziehst du an?

– Ich glaube, mein wassergrünes Kleid. Mach dich schön, Sébastien, du wirst vielleicht mehr, als du denkst, mit dir selbst zahlen müssen.

Er sah sie an.

– Nach den Photos in meinem Zimmer und Gilberts Stimme scheint es, daß dein reizender Freund ein vollkommener Päderast ist . . .

– Verflucht! sagte Sébastien mit tonloser Stimme, das stimmt, ich hatte es völlig vergessen. Das fängt gut an.

Zwei Stunden später saßen sie an einem lärmenden Tisch, und das Knie der reichen Madame Jedelman, die offenbar einem gewissen Alter zustrebte, bemühte sich von Zeit zu Zeit um Sébastiens. Aber mein Gott, sie war massiert, geduscht, lackiert, manikürt, und Sébastien dachte mit Gelassenheit, daß er schon andere von der Sorte gesehen hatte. Eléonores Nachbar dagegen schien ihr ein bißchen auf die Nerven zu gehen. Nach einer recht aufsehenerregenden Ankunft (wer war das, wer waren diese beiden blonden Fremden, die so groß, so entfernt und überdies auch noch Bruder und Schwester waren?) fanden sie sich im Schlepptau von Gilbert, der entzückt war von seiner »trouvaille«, am Ehrentisch wieder. Monsieur Jedelman, der offensichtlich der lustigen Einfälle seiner Frau müde war, mußte schon um elf Uhr stockbetrunken nach Hause gebracht werden. Zwei Filmstars, ein Sänger, eine berühmte Journalistin und ein völlig Unbekannter bildeten den Tisch von Madame Jedelman, während die Photographen sie wie Nachtfalter umflatterten. Gilbert versuchte, die Fragen über die

Van Milhems zu beantworten, aber da er über sie absolut nichts wußte, außer daß Robert sein ganzes Leben lang Sébastien bedingungslos bewundert hatte, flüchtete er sich in eine geheimnisvolle, ja sogar heimtückische Attitüde, die alle erregte.

– Aber nein, Monsieur, sagte plötzlich Eléonores Stimme, und Sébastien spitzte die Ohren, nein, ich habe all diese Filme nicht gesehen.

– Aber das ist doch nicht möglich, Sie wissen nicht, wer Bonnie und Clyde waren?

Der besessene Cinephile rief den ganzen Tisch zum Zeugen auf. – Sie tut so . . .

– Madame, unterbrach Eléonore wie abwesend, Madame tut so.

– Madame tut so, wiederholte der Unglückliche lachend, als ob sie noch nie etwas von Bonnie und Clyde gehört hätte.

– Ich habe sechs Jahre in Schweden gelebt, Monsieur, in einem eingeschneiten Schloß, ich habe Ihnen das schon einmal gesagt. Und mein Mann hatte »at home«, wie Sie sagen, keinen Filmsaal vorgesehen. Und wir sind niemals nach Stockholm gegangen. Das ist alles.

Plötzlich entstand um sie herum Schweigen, denn Eléonores Stimme war, ohne daß sie sie erhoben hätte, schneidend geworden.

– Du erregst dich, mein Engel, sagte Sébastien.

– Ich bin es leid, tausendmal dasselbe zu wiederholen und tausendmal dasselbe zu hören.

– Verzeihung, ich bitte tausendmal um Verzeihung, sagte der Cinephile sarkastisch, aber wer hat nun etwas von diesen ewigen Schneemassen?

– Das Schloß ist verkauft und mein Ex-Ehemann im Gefängnis, sagte Eléonore ruhig. Wegen Mord. Wir machen unser Kino selbst. Sébastien, ich bin müde.

Sébastien hatte sich schon erhoben und stand lächelnd neben ihr. Sie dankten Madame Jedelman, was noch mehr zu deren Verblüffung beitrug, und verließen in allgemeinem Schweigen die Runde. Sébastien lachte derartig auf der Treppe des Clubs, daß er kaum die Stufen hinaufsteigen konnte. Jemand lief hinter ihnen her: es war der Sänger. Er war ein kluger und freier Kopf.

– Kann ich Sie nach Hause bringen? sagte er.

Eléonore willigte ein, setzte sich, ohne ihn anzusehen in einen riesigen amerikanischen Wagen und nannte ihre Adresse. Dann wurde sie von Sébastiens tollem Gelächter angesteckt und dann auch der Sänger, und sie gaben seinen flehentlichen Bitten nach und gingen das noch irgendwo anders feiern. In der Morgendämmerung brachte er sie völlig betrunken nach Hause:

– Fahren Sie vorsichtig, sagte Eléonore liebenswürdig.

– Natürlich. Welch ein herrlicher Abend. Oh, welch ein Witz, welch ein toller Witz ...

– Es war kein Witz, sagte Sébastien freundlich. Gute Nacht.

Juli 71

Es ist ein sehr schöner Sommer, dieser Sommer 71, wahrhaftig. Das Wetter ist sehr schön, das Gras ist gemäht. Als ich neulich herkam, habe ich in der Nähe von Lieuray gehalten. Unter den Pappeln. Ich streckte mich im Heu aus, die unzähligen dunkelgrünen kleinen Blätter der Bäume drehten sich um die Sonne, ich fand etwas wieder. Das Auto stand am Straßenrand wie ein dickes geduldiges Tier. Es war für mich die Zeit der Fülle, es war nicht mehr die Zeit der Leere. Das war nicht schlecht.

Da die Zeit im Grunde das einzige Idol, der einzige Gott ist, den ich achte, liegt es natürlich auf der Hand, daß ich mich nur im Zusammenhang mit ihr zutiefst freuen oder verletzen kann. Ich wußte, daß diese Pappel länger leben würde als ich, daß dieses Gras dafür vor mir dahingehen wird; ich wußte, daß ich zu Hause erwartet wurde, und zugleich, daß ich leicht eine Stunde unter diesem Baum hätte bleiben können. Ich wußte, daß alle Hast für mich ebenso einfältig wäre wie alle Trägheit. Und das für das ganze Leben. Ich wußte alles. Ich wußte, daß dieses Wissen nichtig ist. Nichts weiter als ein hervorgehobener Moment. Die einzig wahren, meiner Ansicht nach. Wenn ich sage »wahr«, so meine ich »lehrreich«, und das ist ebenso dumm. Ich werde niemals genug darüber wissen. Niemals genug, um ganz glücklich zu sein, niemals genug für eine abstrakte Leidenschaft, die mich auf eine endgültige Weise nähren würde, niemals genug für »nichts«. Aber diese Augenblicke des Glücks, der Teilnahme am Leben, bilden schließlich, wenn man sich gut an sie erinnert, eine Art tröstlicher Flicken-Decke, die man über den nackten, ausgezehrten, in unserer Einsamkeit zitternden Körper breitet.

Nun ist es gefallen, das Schlüsselwort: die Einsamkeit. Dieser kleine mechanische Hase, den man auf den Hunderennbahnen losläßt und hinter dem die großen Hasen unserer Leidenschaften, unserer Freundschaften atemlos und begierig herstürzen, dieser kleine Hase, den sie niemals einholen, aber den sie immer für erreichbar halten, mit Gewalt. Bis man ihnen die Tür vor der Nase zuschlägt. Die kleine Tür, vor der sie voll bremsen oder sich den Kopf stoßen, wie Pluto. Die Anzahl der Plutos bei den menschlichen Wesen . . .

Doch schau an: schon seit zwei Monaten habe ich

mich nicht mehr mit Sébastien und Eléonore beschäftigt. Und wie haben sie sich ernährt, wovon haben sie gelebt, meine lieben Van Milhems, in meiner Abwesenheit? Als ihre Beschützerin verspüre ich Gewissensbisse (heitere Gewissensbisse) . . . Ich muß den Namen dieser reichen Leute wiederfinden, bei denen sie . . . die Jedelmans, und ich muß beschließen, daß Sébastien in meiner Abwesenheit mit dieser Dame getan hat, was nötig war, nicht ohne einiges Knurren im Stile: »Schließlich bin ich doch kein Betthäschen mehr, ich bin alt, etc.« Und Eléonore lacht . . . Aber wo wohnen sie? Wir haben jetzt August, oder beinahe. Sie können nicht mehr in der Rue de Fleurus sein, auch nicht an der Côte d'Azur – damit ist es vorbei. In Deauville vielleicht? Auf alle Fälle wäre es amüsant, sich die Verführungsszene zwischen Madame Jedelman und Sébastien anzusehen. Wählen wir ein Dekor, echtes Louis XV, aber ein »üppiges«, den Abend eines lauen und weichen und blauen Tages, wie nur Paris ihn hervorbringen kann, Sommer, nehmen wir ein senffarbenes Sofa und einige Knoll-Möbel, um das Bild ein wenig zu »verschieben«. Nehmen wir uns, zur gleichen Zeit wie Sébastien, um sich Mut zu machen, einen großen Whisky mit Soda. Nein, ohne Soda . . .

»O Himmel!« sagte Sébastien still zu sich, wie übrigens schon am Vorabend, aber laut, vor seiner Schwester Eléonore; und er gelangte von einem schmerzlichen

Zweifel an seinen eigenen sexuellen Fähigkeiten zu einer nicht minder schmerzlichen Gewißheit über Madame Jedelmans Intentionen. »O Himmel, wie soll ich mich da herausziehen? Sie wird sich auf mich werfen, sie wird mich mitreißen wie ein Malstrom.«

Wie alle nordischen Kinder fürchtete Sébastien den Malstrom. Er spazierte auf seinen langen, doch ach, von Hosen verhüllten Beinen durch den üppigen Salon der Jedelmans (Boulle-Lalenne), Avenue Montaigne. Madame Jedelman war lässig auf ein Sofa hingestreckt. Sie hatte sich sehr wohl an Sébastien erinnert, seine Blondheit, und hatte ihn schon am folgenden Tag eingeladen – Sébastien sagte »einberufen«. Es kam gar nicht in Frage, daß er sich weigerte, denn sie hatten keinen einzigen Sou mehr. Eléonore hatte ihn mitfühlend und ironisch bis zum Treppenabsatz geführt, wie man seinen älteren Bruder geleitet, der in den Krieg zieht. Und da war sie nun, die andere, die Jedelman, wie man sie in Paris unbarmherzig nannte. Da war sie, gekämmt, gebimst, gepudert, alt, bewundernswert. Alt ist übrigens ungerecht: sie war schlicht nicht mehr jung. Und das sah man: am Hals, an den Achseln, an den Knien, an den Schenkeln, an all den unbarmherzigen Regionen, die auf einer Frau, zu einem gewissen Zeitpunkt, eine Art Michelinkarte zeichnen, zu detailliert, zu genau, kurz: abscheulich.

Nora Jedelman beobachtete ihn mit Neugier, wie er auf und ab wanderte. Er war ganz offensichtlich nicht das, was sie gewohnt war: ein »Betthäschen«. Nein, Sébastien hatte eine gewisse Kopfhaltung, schöne Hände, einen offenen Blick, der sie neugierig machte. Sie fragte sich mit einer Wißbegier, die der Sébastiens vielleicht gleichkam, was er wohl in ihrem Salon, zunächst, in ihrem Bett, danach, tun würde. Nichtsdestoweniger, da er sich anscheinend die gleiche Frage stellte, beschloß sie, diesem Quiproquo ein Ende zu machen, und sei es durch Taten. Sie erhob sich gewandt von ihrem Sofa, mit einer gewollt katzenhaften Lässigkeit, die sie unsanft daran erinnerte, daß sie am nächsten Tag ihren Chiropraktiker aufsuchen mußte, und steuerte auf Sébastien zu. Dieser hatte sie kommen hören, erstarrte vor dem Fenster und versuchte, sich an eine Frau zu erinnern, die ihm gefallen hätte, oder an ein hervorragendes erotisches Werk. Vergeblich. Schon drückte sie sich an ihn, gebogene Arme umschlangen ihn, sie hängte sich an seinen Hals, und die teuersten Jacketkronen von ganz New York verbissen sich in seinen Zähnen. Zu seinem großen Erstaunen benahm er sich der Lage entsprechend, und sie bestand darauf, ihm ein Paar bezaubernder Manschettenknöpfe zu schenken, die er sofort verkaufen ging: Eléonore, sein schöner Vogel, seine Schwester, seine Komplizin, die große Liebe seines Lebens, sollte einen königlichen Abend verbringen . . .

Januar 72

Seit bald sechs Monaten habe ich diesen Roman, meine dazugehörigen Überlegungen und meine ungehörigen Schweden im Stich gelassen. Widrige Umstände, ein verrücktes Leben, die Trägheit . . . Und dann im letzten Oktober, dieser Herbst, so schön, so rot, so herzzerreißend, daß ich mich vor Glück fragte, wie ich das überleben sollte. Allein in der Normandie, ebenso heiter wie erschöpft, unbeweglich in die Betrachtung eines langen Risses nahe am Herzen versunken, wie er sich ganz schnell schließt, wie er sich in eine glatte, kaum sichtbare rosa Narbe verwandelt, die ich wahrscheinlich später mit einem ungläubigen Finger – dem Finger der Erinnerung – berühren würde, wie um mich von meiner eigenen Verletzlichkeit zu überzeugen. Und den Geruch des Grases, den Duft der Erde wiederfinden, mich in beiden begraben, aus Leibeskräften (das ist der richtige Ausdruck) die »Traviata« singen, bis nach Deauville hinunterfahren. Und in diesem verlassenen und brennenden Oktober-Deauville betrachtete ich das leere Meer, die erschrockenen Möwen, die über die Bohlen streiften, die weiße Sonne und, im Gegenlicht, einige Figuren, von denen man sagen könnte, sie kämen aus dem *Tod in Venedig* von Visconti. Und ich, allein, endlich allein, ließ meine Hände wie ein totes Wild auf beiden Seiten meines Liegestuhls herabhängen. Der Einsamkeit, der träumerischen Jugend ausgeliefert, all dem, was man niemals verlassen sollte; jedoch die anderen – die Hölle, das Paradies – nötigen einen unentwegt, das aufzugeben. Aber diesmal vermochten die anderen nichts zwischen mir und diesem triumphierenden Oktober.

Ja, aber was hatten meine Schweden den ganzen Sommer über tun können? Auf dem Place de l'Atelier, am Montmartre, wo wir im August ein Stück aufführten, machte ich mir Sorgen um sie. Die Mädchen mit Lokkenwicklern, die Tasche in der Hand, machten ihre Besorgungen, die Hunde trotteten umher, wie es ihnen paßte, die Transvestiten gingen, noch schlecht geschminkt, in der grellen Sonne spazieren. Ich saß auf der Terrasse meines Lieblingscafés und schickte die Van Milhems auf eine Kreuzfahrt mit den Jedelmans, oder mit dem jungen Sänger auf eine Tournee durch die Provinz, ich ersann für sie Peripetien, die ich nicht niederschrieb, die ich vergessen werde, das weiß ich, zugunsten der nächsten Probe zum Beispiel. Bewußt und unvernünftig beschrieb ich nicht das geringste Papierschnitzelchen. O Freuden, o Gewissensbisse . . . Manchmal vertraute man mir auch einen Hund an oder ein Kind, das ich hüten mußte, während die Besitzerin, den Einkaufswagen an der Hand, ihre Kampfbahn im Prisunic durchzog . . . Ich diskutierte mit einem glücklichen Bummler aus dem Viertel. Es ging mir gut. Danach war da der schwarze Saal, die Scheinwerfer und die Probleme der Schauspieler, aber bis dahin war der Sommer sanft, pariserisch und blau. Ich konnte nichts dafür. Schluß mit diesem Entschuldigungskapitel, diesem Alibikapitel. Hier bin ich nun wieder, in der Normandie. Es regnet, es ist kalt, ich werde hier nur fortgehen, wenn dieses Buch beendet ist oder man mich mit Bajonetten zwingt. Ich habe gesprochen. Hugh!

– Leg die Platte noch einmal auf, ja? bat Eléonore.

Sébastien streckte die Hand aus und schwenkte den Arm des Plattenspielers. Er fragte nicht, welche Platte. Nach einer klassischen Phase hatte Eléonore sich in eine Platte von Charles Trenet vernarrt, und es wurde nur noch die gehört:

»Auf einem toten Ast
wiegt sich der letzte Sommervogel . . .«

Sie lagen ausgestreckt in einer Schaukel auf der Terrasse

der Villa Jedelman am Cap d'Ail. Nach einer schwierigen Anfangsphase hatte Sébastien eine Art Zuneigung zu Nora Jedelman gefaßt. Er nannte sie »Lady Bird«, übrigens zu ihrer lebhaften Mißbilligung. Henry Jedelman gab er den Namen »Monsieur le Président«, und wenn er ein bißchen zuviel getrunken hatte, überließ er sich seinen Phantasien über politische Attentate übelsten Geschmacks. Eléonore war, nachdem sie das Paar moralisch verführt hatte, wieder in ihren geliebten Büchern versunken, aber diesmal am Meeresufer. Gebräunt, liebenswürdig und ruhig hatte sie zwischen zwei Seiten ihres Romans die Sommertage wie einen Traum an sich vorbeiziehen sehen. Einige mondäne Freunde ihrer Gastgeber hatten ihr den Hof gemacht, vergeblich. Dafür bot ihr Sébastien ihre nächtlichen Rendezvous mit dem Gärtner der Villa, übrigens einem herrlichen Knaben. Aber er sprach niemals mit ihr darüber. Sosehr ihre »Romanzen« zwischen ihnen Gegenstand der Belustigung waren, ebenso mußten ihre leidenschaftlichen, unerlaubten Ausbrüche Geheimnis bleiben. Und er wußte wohl, daß es der unumschränkte Respekt vor ihrer respektiven Sinnlichkeit war (verbunden mit einer beständigen Ironie, was ihre Herzensaffären betraf), der ihnen immer ermöglicht hatte zusammenzuleben. Sie verabscheuten beide gleichermaßen den Exhibitionismus, der zu dieser Zeit und vor allem an dieser Küste anscheinend zur Regel geworden war. Der Rollkragen war ihre einzige Rettung. Nachdem sie in Badeanzügen von

1900 geschwommen hatten, stürzten sie sich kaum getrocknet auf ihre Kleider. Man fand sie bizarr, exotisch, denn sie waren beide sehr gut gebaut. Sie selbst kamen sich nur sittsam vor. Sie wußten, daß der Gefallen an Körpern eine empfindsame, zärtliche, natürliche Sache ist, ähnlich dem Gefallen am Wasser, der Liebe zu Pferden, Hunden, zum Feuer, und daß das weder mit Libertinage zu tun hatte noch mit Ästhetik. So nahm Sébastien jeden Abend Nora Jedelman, deren Parfum, deren Haut und die etwas nörgelnde Art, auf die sie um Liebkosungen bat, ihm zur festen Gewohnheit geworden waren, ohne die geringste Furcht in seine Arme. Die große Zärtlichkeit der Gleichgültigkeit kam über ihn, und sein fügsamer Körper folgte. Da sie überdies Nordländer waren, galt ihnen die Sonne nicht als die gebieterische und manchmal sadistische Göttin wie offenbar den anderen. Ohne daß sie sich dessen bewußt waren, erhöhte das noch ihr Ansehen: der Sonne, der Bräune, die zu dieser Zeit und an diesem Ort das Natürlichste schien, den Rücken kehren, das hieß, dem Geld den Rücken kehren. Die Freunde der Jedelmans waren zum größten Teil sehr reiche und trotz ihres ständigen Hin und Her zwischen Europa und Amerika noch wenig verfeinerte Amerikaner. Man muß dazusagen, daß sie meistens unter sich blieben, da ihnen gewisse Pariser Salons hartnäckig verschlossen waren. Man lud sie zu Wohltätigkeitsveranstaltungen ein, und ihre Großzügigkeit wurde ihnen manchmal mit einer Einladung zum

Essen belohnt, aber nur auf dem Plazza. Daher waren sie auch äußerst verwirrt über die Anwesenheit der Van Milhems, die offensichtlich einer alten Familie entstammten, und über die nicht weniger offensichtliche Liaison zwischen Sébastien und Nora Jedelman. Er hatte wahrhaftig nichts von einem Gigolo – (und wie viele von der Sorte hatte sie nicht gehabt) –, und trotzdem lebten seine Schwester und er ostentativ auf Kosten ihrer Gastgeber. Ein alter Liebhaber Noras, der wegen Alkoholismus verstoßen worden war, hatte sich eine Überlegung zu diesem Thema gestattet, aber ein prachtvoller Faustschlag Sébastiens hatte auf der Stelle die Diskussion beendet. Überdies schienen der Bruder und die Schwester ein bißchen zu intim miteinander. Kurz, sie glichen in nichts den übrigen Leuten; kurz, sie waren gefährlich, also reizvoll. Wahrhaft schöne und ebenso reiche Frauen wie Nora scharten sich in diesem Sommer um Sébastien. Vergeblich. Wohlkonservierte Amerikaner stießen sich an Eléonores vollkommener Gleichgültigkeit. Und wenn die arme Nora nicht einen so bekannten und so klassischen Geschmack gehabt hätte, so hätten sie sie der übelsten Perversionen verdächtigt.

»Heute abend ist dein Herz bei mir, meine Treue. Ja, aber morgen fliegen keine Schwalben mehr über den Strand . . .«

Trenet sang, das Meer wurde grau. Nora erschien in

einer Tunika aus malvenfarbener Seide, die Eléonore ein wenig blinzeln ließ.

– Es ist Cocktailzeit, sagte sie ... Mein Gott, diese Platte ... Sie ist schön, aber so traurig ... vor allem in diesen Tagen ...

– Halt den Plattenarm an, sagte Eléonore zu Sébastien.

Sie lächelte Nora freundlich zu. Diese erwiderte das Lächeln mit einem leisen Ausdruck des Zweifels. Sie hatte tausend Fragen über Eléonore, aber sie hatte darauf verzichten müssen, Sébastien auszuhorchen, da der sogleich in Ablehnung erstarrte. Sie wußte nur: wo Eléonore war, dort würde auch Sébastien sein. Und wenn das auch aus einer gewissen Sicht ein wenig beruhigend war, so war es doch andererseits ein bißchen ärgerlich. Dennoch hatte sie Dave Burby – eine glänzende Partie und ein charmanter Mann – Eléonore in die Arme getrieben. Erfolglos. Und wer war dieser Hugo, der in Schweden im Gefängnis saß? Und woher fiel ihr selbst dieser geheimnisvolle und ritterliche Liebhaber zu, der ihre Geschenke freundlich und zerstreut annahm und der mit vierzig Jahren noch das unbändige Lachen eines jungen Mannes an sich hatte und ebenso unergründlich melancholische Stimmungen? Sie klammerte sich an ihn, trotz seines abgrundtiefen Zynismus – sie hatte schon immer zu kaufen gewußt und wußte, was sie kaufte. Aber dies beunruhigte sie. Was gedachte er in Paris zu tun? Wo gedachte er mit seiner verträumten Schwester zu wohnen? Rechnete er auf sie oder auf den Zufall? Er sprach nie mit ihr über die Rückkehr, und trotzdem mußten sie alle in drei Tagen zurückreisen.

Mario, der Gärtner kam die Allee herauf, er trug fahlrote Dahlien im Arm und reichte sie lächelnd Nora. Eléonore betrachtete ihn zärtlich. Als sie am ersten Morgen ihr Fenster geöffnet hatte, sah sie diesen schlanken braunen Rücken, die langen Arme, die gerade einen Baum beschnitten, den braunen Nacken. Als er sich umwandte, hatte er ihr erst höflich zugelächelt, dann hörte er auf zu lächeln. Also hatte sie selbst ihm zugelächelt, bevor sie ihr Fenster wieder schloß. Wenn das Haus schlief oder sogar wenn alle nach Monte Carlo oder Cannes fuhren, stieg sie zu ihm in die Tiefe des Gartens hinunter. Da war der Geräteschuppen, der nach frischem Pfefferminz und nach Kiefern duftete, da waren die Bälle, auf die Mario sie manchmal zum Tanzen mitnahm, da war Marios entzücktes Lachen, Marios frischer Mund, Marios brennender Körper, dieser Körper, der keine Massage nötig hatte. Er war rassig, zärtlich und heiter, und sie atmete auf in seiner Nähe, fort von diesem übermöblierten Haus, von diesen lärmenden Leuten mit ihrem Dollargeklingel. Sébastien hatte in allem für ihre Ferien gesorgt. Sébastien, der ideale Bruder.

– Geben Sie Madame Van Milhem diese letzten Dahlien, sagte Nora . . . Wie schön sie sind . . . diese Malvenfarbe . . .

Mario wandte sich zu Eléonore und reichte ihr den

Strauß. Sein Hemd verschob sich, und sie sah an seinem Hals den blutunterlaufenen Fleck, den ihre Zähne vor zwei Nächten hinterlassen hatten, er hatte dieselbe Farbe wie die geöffneten Blumen. Zufällig berührte sie seine Hand, er lächelte sie an. Und Sébastien sah mit Erstaunen, wie sich die Feuer einer unendlichen Sehnsucht und eines unendlichen Bedauerns in den bleichen Augen seiner Schwester mit denen der untergehenden Sonne vermischten.

Ja, ich weiß, jetzt bin ich wieder ganz in die Frivolität zurückgefallen ... Die berühmte kleine Saganwelt, in der es keine wahren Probleme gibt. Nun gut, ja. Ich fange nämlich auch schon an, gereizt zu werden, trotz meiner unendlichen Geduld. Ein Beispiel: nachdem ich erklärt und gedacht habe (ich fahre im übrigen damit fort), daß eine tüchtige Frau genauso gut bezahlt werden müßte wie ein tüchtiger Mann, nachdem ich erklärt habe, daß es Sache der Frau sei zu wählen, ob sie ein Kind haben wolle oder nicht, und daß die Abtreibung legalisiert werden müsse, denn sie ist sonst ein simples Ärgernis für die wohlhabenden Frauen, aber eine verhängnisvolle Metzelei für die anderen, nachdem ich bei allem, was mir heilig ist, geschworen habe, daß ich selbst eine Abtreibung hinter mir habe und in einer Wochenzeitung gelesen habe, daß sich das folgendermaßen zusammenfassen läßt: »Frauen, euer Bauch gehört euch und nur euch« – welch ein Trübsinn, zum ersten und, vor allem, welch ein Ausdruck! –, nachdem ich tausend Petitionen unterschrieben habe, nachdem ich mir die Klagen der Bankiers, der Milchhändler, der Taxifahrer, die anscheinend alle miteinander ruiniert sind, angehört habe und mich selbst von einem wildgewordenen Steuereinnehmer buchstäblich habe ausplündern lassen (man hätte Giscard d'Estaing von Anfang an nicht trauen sollen: schon seine Rollkragen beunruhigen mich ... Oder sind die wieder aktuell?), nachdem es mir mißlungen ist, aus Ekel fünfzehn Fernsehapparate zu zertrümmern, und ich seit zehn Vorstellungen »für das Volk« versäumt habe, vor Langeweile aus meinem Sitz zu fallen, nachdem ich die Apathie der einen festgestellt habe und den ohnmächtigen Zorn der anderen, den guten Willen, die Böswilligkeit, den Wirrwarr, der in diesem selbstzufriedenen Louis-Philippe-Regime herrscht, nachdem ich vor Kälte zitternde Greise vor »ihren« blauen Schildchen habe hertrippeln sehen, nachdem ich mir absolutistische, gemäßigte, idiotische und intelligente Reden angehört habe, nachdem ich mich – trotz eines knatternden Sportwagens – auf der Seite der Besitzlosen wiedergefunden habe, nach all dem also will ich mich auf der Stelle in ein imaginäres und schimärisches Milieu flüchten, »in dem das Geld keine Rolle spielt«. Das wär's. Schließlich ist das mein gutes Recht, genauso wie es das Recht eines jeden ist, meine gesammelten Werke nicht zu kaufen. Diese Zeit erbittert mich oft, das ist wahr. Ich bin kein Arbeitsteufel, und ein gutes Gewissen ist nicht meine Stärke. Aber nun werde ich mich dank der Literatur mit meinen Freunden Van Milhem amüsieren gehen. Ich habe gesprochen. Hugh!

Ohne sadistisch zu sein, bestätigte sich Nora Jedelman gern ihre Macht. Also wartete sie, bis sie nach Orly in ihrem Cadillac saßen, und fragte dann erst Sébastien und Eléonore, wo sie sie absetzen solle.

– Rue Madame, Nummer acht, sagte Sébastien leichthin. Wenn es für Sie keinen Umweg bedeutet.

Sie sank in sich zusammen. Sie hatte auf etwas gehofft wie »am Crillon«, die Antwort eines Mannes, der in die Enge getrieben ist, oder »wo Sie wollen«, eine vertrauensvolle Antwort. Sie hatte, nicht ohne darunter zu leiden, zehn Tage lang geschwiegen, für nichts. Sie wußte nichts.

– Haben Sie dort Freunde?

– Wir wohnen nur bei Freunden, sagte Sébastien und lachte freundlich. Einer von ihnen hat für uns ein Studio gefunden, mit zwei Zimmern. Sehr hübsch, wie es scheint, und keine teure Miete.

»Du brauchtest nur deine Uhr von Cartier zu verkaufen oder dein Zigarettenetui«, dachte Nora zornig. Sie hatte sich in der Tat sehr genau ausgemalt, wie sie Eléonore vorläufig in einem Gästezimmer in der Avenue de Montaigne unterbringen würde und Sébastien im Arbeitssalon, ganz nah bei ihrem Zimmer. Sie hatte sich schon als gute gastfreundliche Fee, als Retterin gesehen. Diese unerwartete Regelung entriß ihr sowohl ihre Rolle als auch die vertraute und träge Gegenwart Sébastiens. Sie fuhr nun gleich allein in ihr riesiges Appartement – ihr Mann war noch in New York –, und nur ihre beiden Chihuahuas erwarteten sie. Sie geriet in Panik.

– Das ist dumm, sagte sie, ich hätte Sie aufnehmen können.

– Wir haben Sie schon genug belästigt, sagte Eléonore friedlich, diesen ganzen Sommer über. Wir wollen nicht zu weit gehen.

»Sie macht sich über Nora lustig, dachte Sébastien amüsiert. Nun ja, dies eine Mal geschieht es ihr recht ... Was ist das für eine Art, Leute warten zu lassen? Wenn ich daran denke, daß ich innerhalb von drei Tagen ihre sämtlichen Manschettenknöpfe verscherbeln und diesem armen Robert einen Eilauftrag schicken mußte ... Ich, der ich es hasse, zu handeln und zur Post zu gehen. Ein Glück, daß Robert das ganze Viertel kennt... Ich hoffe, daß man dort leben kann ... Pah, drei Monate ...« Denn er hatte drei Monate im voraus gezahlt.

Das Auto hielt vor einem alten Haus. Nora machte jetzt einen sehr niedergeschlagenen Eindruck ...

– Wir werden sofort anrufen, sagte Eléonore freundlich.

Sie standen alle beide auf dem Trottoir, ihr Gepäck in den Händen, sie wußten nicht einmal, wo sie gleich eintreten würden, und immer schlank, blond, gleichgültig. Zahlbar, aber nicht käuflich, dachte Nora verzweifelt. Immerhin »zwei«. Nicht allein. Sie richtete sich steif auf, winkte einmal und warf sich zurück. Der Cadillac rauschte davon, die Geschwister lächelten sich zu.

– Mir gefällt, daß es im Erdgeschoß liegt, sagte Eléonore. Wo ist die Concierge?

Ihr Studio war sehr dunkel, da es auf einen Miniaturgarten, mehr ein Beet hinausging. Die winzigen, aber ruhigen Zimmer wurden durch den leeren Raum getrennt. Es gab dort einen roten Diwan und auf dem einzigen Tisch eine Flasche Whisky und ein paar Worte von Robert, dem treuen Robert, der sie willkommen hieß.

– Wie gefällt es Ihnen? fragte die Concierge. So wie jetzt, im Sommer, ist es dunkel, aber im Winter . . .

– Es ist doch ausgezeichnet, sagte Eléonore und streckte sich auf dem Diwan aus. Tausend Dank. Wo habe ich mein Buch hingetan?

Und unter dem verdutzten Blick der Concierge durchwühlte sie ihre große Tasche und nahm dann die Lektüre wieder auf, die sie im Flugzeug begonnen hatte. Das Gepäck lag auf dem Fußboden umher, und Sébastien spazierte wie ein Kater durch die drei Räume.

– Es ist ausgezeichnet, sagte er, als er zurückkam.

Ausgezeichnet. Übrigens, Madame (er wandte sich an die Concierge), ich finde Sie sehr geschmackvoll zurechtgemacht.

– Das stimmt, sagte Eléonore und hob die Augen vom Buch, es war mir gleich aufgefallen. Das ist äußerst selten und sehr anziehend.

Lächelnd ging die Concierge rückwärts aus der Tür. Es stimmte, daß sie sehr viel Aufmerksamkeit auf ihr Äußeres wandte, und dieser Monsieur Van Milhem hatte etwas Gewisses an sich. Seine Schwester übrigens auch. Feine Leute, das sah man an ihrem Benehmen (und an ihrem Gepäck). Ein bißchen zerstreut vielleicht ... Sie würden wahrscheinlich nicht lange bleiben, und schon verspürte sie ein unklares Bedauern.

– Ich muß Nora anrufen, sagte Sébastien. Sie hat ja nicht einmal unsere Telefonnummer, und es ist nicht sehr freundlich, sie allein zurückzulassen in ihrem Cadillac wie einen Koffer.

– Oh, einen Vuitton-Koffer, sagte Eléonore, die ganz in ihren Roman vertieft war und sichtlich auf diesem abgenutzten, anonymen und fast schmutzigen Diwan eine vollendete Zuflucht gefunden hatte.

Sie hatte zu ihrer Rechten ihre Zigaretten aufgebaut, nah bei den Streichhölzern, und ihre Schuhe ausgezogen. Dieser Kriminalroman, auch wenn er etwas zu schmierig und von etwas zu widerwärtigen Detektiven bevölkert war, dieser Kriminalroman langweilte sie nicht. Sébastien marschierte auf und ab. Nachdem die Freude der ersten Überraschung verflogen war, erwies sich dieses Studio als lächerlich, schäbig und ihrem Lebensstil unvereinbar. In Sébastien stieg etwas hoch, was man Beklemmung (zu deutsch Katzenjammer) nennt. Mit einem Mal, und das passierte ihm selten, rief die offensichtliche und ungezwungene Ruhe seiner Schwester eine Art Gereiztheit in ihm hervor, eine Gereiztheit, die eher der Untätigkeit zuzuschreiben war (was sollte er im nächsten Augenblick mit sich anfangen?) als ihrem Schicksal im allgemeinen. Er hatte nicht die geringste Lust, die Koffer auszupacken, Kleiderbügel zu suchen, Sachen aufzuhängen. Er hatte genauso absolut keine Lust, in irgendein hypothetisches Café zu gehen, obwohl die Cafés sonst seine bevorzugten Schlupfwinkel waren. Wirklich, er wollte nicht allein sein – denn er fühlte sich plötzlich sehr allein in der Gegenwart Eléonores, die eine vorgetäuschte Ausgeglichenheit zur Schau trug und einen Kriminalroman las. Er dachte, daß sie »irgend etwas« hätte tun sollen, dabei stand dieses Irgendetwas in seinem Kopf in Anführungszeichen, und er machte sich mit einiger Verspätung klar, daß seit zwei oder drei Monaten dieses Irgendetwas – dank seiner verführerischen Macht über sie und dank ihres Geldes – von Nora Jedelman getan worden war. Er fühlte sich unerwachsen, mürrisch und verlassen, und er fand, Eléonore hätte – sie, die den ganzen Sommer nicht die geringste Anstrengung auf sich genommen hatte –, Eléonore hätte sich wenigstens darüber klar werden müssen. Kurz, er kam sich vor wie »Chérie« ohne Lea und ein »Chérie« von vierzig Jahren, und das demoralisierte ihn endgültig.

– Weshalb ein Vuitton? fragte er in einem aggressiven Ton.

– Das sind die solidesten, antwortete Eléonore, ohne ihn einmal anzusehen. Und bei dem Gedanken an die tatsächliche Solidität, den Komfort und die Organisation der Jedelmans überkam Sébastien ein buchstäblich physisches Heimweh.

Sébastien Van Milhem war in gewisser Weise wie der alte Karamasow. Er entdeckte an jeder Frau irgend etwas. Und er hatte sogar die physischen Fehler gewisser Frauen mehr geliebt als ihre Vorzüge. Unter der Voraussetzung, daß sie nicht mit ihm darüber sprachen, weder heiter noch traurig, fühlte er sich niemals abgestoßen von zu vollen Hüften, einem schlaffen Hals oder einer faltigen Hand. Er meinte, daß die Liebe, die schwarze Liebe, nichts mit Miss France zu tun hatte, sondern entschieden eher mit Gilles de Rais, Heinrich VIII, Baudelaire und seiner plumpen Mulattin. Er wußte, daß diese dicken, schlechtgebauten Frauen sehr viele Männer – manchmal Genies – an ihrer Leine gehalten hatten, einzig dadurch, daß sie triumphierend ihren eigenen Körper anerkannten, wie einen Freund, ein Tier, das ihrer eigenen Lust ebenso ergeben war wie der des Mannes – ein in die Liebe verliebter Körper. Und ein brennender. Das war alles, was die Männer ersehnten: sich in jemandes Lust verbergen, indem man sie hervorruft, Herr sein, Diener, der Geschlagene und der Schlagende.

Für all das war Sébastien immer empfänglich gewesen, und nun, nachdem er eine sinnliche Beziehung zu dieser Frau angeknüpft hatte, die älter war als er und als Frau weniger schön als er als Mann, wurde ihm klar, daß ihre Bewunderung für ihn etwas anderes geworden war als ein körperliches Stimulans. Es war eine Art Stolz, den er verspürte, ein großmütiger und ungezwungener Stolz, den er nach Chlodwig für sich hätte so übersetzen können: »Neige dein Haupt, stolzer Sébastien, verehre, die dich verehrt, werde dessen nicht mehr überdrüssig, das ist manchmal genug.«

– Was meinst du mit »die solidesten«?

Eléonore wandte den Kopf, legte ihren Roman auf die Knie und lachte laut auf.

– Spiel nicht den Gentleman, mein Kleiner. Ich habe weder von Noras Vermögen geredet noch von ihrem Skelett. Ich redete von der aufrichtigen Zärtlichkeit, die sie für dich empfindet. Und ich glaube auch, daß du sie anrufen solltest, denn sie muß allein sein und Angst haben. Wenn ich du wäre, würde ich auf der Stelle zu ihr laufen, und morgen, wenn du zurückkommst, wirst du eine wunderbare Wohnung vorfinden, eingerichtet von der Fee Melusine und dem guten Zauberer gemeinsam – ich meine mich.

Sie betrachteten sich einen Augenblick mißtrauisch wie zwei Siamkatzen, die vor dem Bild einer Maus plötzlich unschlüssig werden und sich entzweien. Es gab zwischen ihnen weder Verachtung noch Mitleid, nur dieses Mal war ihre Komplizenschaft nicht mehr deutlich sichtbar.

Eine Stunde später, als Sébastien in seinem Taxi zur Rue de Montaigne fuhr, wo Nora ihn närrisch vor Freude erwartete, sagte er sich, daß nicht mehr er der Taugenichts, der Tagedieb, der Van Gogh in ihrer Verbindung war, sondern Eléonore, die auf eine gewisse Weise, und er wußte nicht wo noch wann, die Waffen gestreckt hatte.

Februar 1972

Ich hatte doch geschworen, ich würde dort (von meinem Lande) nicht fortgehen, es sei denn, ich würde mit Bajonetten gezwungen oder mit meinem fertigen Buch unter dem Arm. Doch ach, das Schicksal wütet gegen mich ... Irgendein astraler Einfluß umwittert gegenwärtig die Van Milhems und mich und hat bewirkt, daß ich aus einigen Metern Höhe heruntergefallen bin, und hier bin ich nun, in Paris, mit gebrochenen, aber geröntgten Knochen. Und natürlich: nichts Ernstes. Ich sehe wahrhaftig nicht, und ich hoffe, meine getreuen Leser klopfen auf Holz, ich sehe wahrhaftig nicht, was für eine Maschine, egal wie es um ihre Kraft bestellt ist, sei es in PS, sei es ohne PS, über mich triumphierte. Man kann billig über meine moralischen Überlegungen und meine bewundernswerten Entscheidungen triumphieren. Beispiel: »Ich reise aufs Land, ich werde arbeiten, ich habe mich genug amüsiert, es wird Zeit, daß ich etwas schreibe, was der Mühe wert ist.« Schließen wir die Anführungszeichen.

Es hat in meinem Leben ungeheuer viele Anführungszeichen gegeben, wenn ich ernsthaft darüber nachdenke, einige Ausrufungszeichen (die Leidenschaft), einige Fragezeichen (die nervöse Depression), einige Unterbrechungspunkte (der Leichtsinn), und als ich endlich dem Schlußpunkt entgegenflog, der feierlich ans Ende meines Manuskripts (das mein Verleger mit schmeichelhafter Ungeduld erwartet) gesetzt werden sollte, bin ich hier mit Milzstechen gelandet, in Binden eingewickelt, gewindelt (in meinem Alter!), auf die ich leicht hätte verzichten können. Je nun, ist das so sicher? Wenn nur nicht wieder mein Leichtsinn (Unterbrechungspunkte) erwacht und ich dieses ideale Alibi – den Unfall – ausnutze und in die glückliche Abwesenheit zurückfalle, die darin besteht, daß ich mit einer Art anomaler und unbeweglicher Wildheit durch das Fenster die Bäume des Luxembourg anstarre. Und die im Augenblick auch darin besteht, daß ich mich systematisch weigere, zu irgendeinem Fest, zu irgendeiner Premiere, zu all den Veranstaltungen zu gehen, zu denen ich als Sagan eingeladen werde, als »La Sagan«, wie die Italiener sagen. Diese Weigerungen, die nichts Freiwilliges an sich haben, ähneln bei mir auf ganz idiotische Weise einem unbändigen nervösen Gelächter, das nur jenes Bild heraufbeschwört, welches die Leute immer noch von mir haben. Nicht etwa, daß mir dieses Bild nicht von Nutzen gewesen wäre, dennoch habe ich nahezu achtzehn Jahre hinter Ferraris verborgen zugebracht, hinter Whiskyflaschen, hinter Klatsch, Heiraten, Scheidungen, kurz all dem, was die Öffentlichkeit als Künstlerleben bezeichnet. Und warum soll ich dieser angenehmen und sicher ein wenig vulgären Maske nicht dankbar sein, da sie doch meinen offensichtlichen Neigungen entspricht: der Geschwindigkeit, dem Meer, der Mitternacht, allem, was leuchtet, allem, was schwarz ist, allem, was einen in die Irre führt und dadurch ermöglicht, daß man sich findet. Denn man wird mich niemals von dem Gedanken abbringen können, daß man nur, wenn man sich mit seinen eigenen Extremen herumschlägt, seinen Neigungen, seinen Abneigungen und seinen Wutausbrüchen, ein ganz kleines bißchen, und ich sage wirklich, nur ein ganz kleines bißchen von dem verstehen kann, was Leben heißt. Auf jeden Fall meines.

Ich füge hinzu, und hier stecke ich einen moralischen Hutschleier auf (es ist zu schade, daß es keine Hutschleier mehr gibt . . . viele Frauen hat er gut gekleidet), ich füge hinzu, daß ich mich noch bei Gelegenheit für gewisse moralische oder ästhetische Prinzipien umbringen lasse, aber ich habe keine Lust, die Dinge, die ich achte, von allen Dächern auszuschreien. Es wird eines Tages genügen, daß jemand sie vor mir nicht mehr achtet, und dann wird sich das von ganz allein zeigen. Wohlbekannt ist übrigens: meine Unterschrift unter einem

Manifest wirkt eher frivol. Man hat es mir häufig vorgeworfen und sie mir nebenbei gleichzeitig abverlangt, diese Unterschrift, und ich habe sie immer aus ernsthaften Gründen gegeben. Man hat mich nicht oft ernst genommen, und das ist verständlich. Und dennoch muß man bedenken, daß es mir 1954 (die Stunde meines Ruhms) nicht leicht fiel, zwischen den beiden Rollen, die man mir anbot, zu wählen: der Skandalschriftstellerin oder dem bürgerlichen jungen Mädchen. Denn im Grunde war ich weder das eine noch das andere. Es wäre mir viel leichter gefallen, ein skandalöses junges Mädchen zu sein oder eine bürgerliche Schriftstellerin. Ich wollte nicht aus Rücksicht auf die Leute, die ich übrigens nicht mochte, eine Wahl zwischen zwei gleicherweise falschen Positionen treffen. Meine einzige Lösung, zu der ich mich lebhaft beglückwünsche, war zu tun, wozu ich Lust hatte: feiern. Es wurde übrigens ein sehr schönes Fest, das von diversen Romanen und diversen Theaterstücken unterbrochen war. Und damit endet meine Geschichte. Na ja, was kann ich schon dafür. Mich hat es immer gereizt, mein Leben zu verbrennen, zu trinken, mich zu betäuben. Und wenn mir das gefällt, mir selbst, dieses lächerliche und sinnlose Spiel in unserer lumpigen, schmierigen und grausamen Epoche, die mir jedoch durch einen erstaunlichen Zufall, zu dem ich sie lebhaft beglückwünsche, die Mittel verschafft hat, ihr zu entkommen. Oh, oh!

Und Sie, liebe Leser, wie leben Sie? Liebt Ihre Mutter Sie? Und Ihr Vater? War er für Sie ein Vorbild oder ein Alptraum? Und wen haben Sie geliebt, ehe das Leben Ihre Gestalt annahm? Und hat Ihnen schon einmal einer gesagt, welche Farbe Ihre Augen wirklich haben oder Ihre Haare? Und haben Sie nachts Angst? Und sprechen Sie laut im Traum? Und wenn Sie ein Mann sind, haben Sie jenen furchtbaren Kummer, den schlechtveranlagte Frauen verabscheuen, jene Frauen, die nicht verstehen – und, das ist der Gipfel, sich dessen rühmen –, daß jede Frau einen Mann unter ihre Fittiche nehmen sollte, ins Warme, wenn sie es kann, und ihn dort behüten? Wissen Sie, daß alle, Ihr Chef genauso wie Ihre Concierge oder dieser entsetzliche Vertragsmensch auf der Straße und sicher auch dieser arme Mao, der für ein ganzes Volk verantwortlich ist, wissen Sie, daß jeder von ihnen sich allein fühlt und vor seinem Leben fast genausoviel Angst hat wie vor seinem Tod – wie Sie selbst auch? Diese Gemeinplätze sind nur deswegen so erschreckend, weil man sie in den sogenannten menschlichen Beziehungen immer vergißt. Man will gewinnen oder einfach überleben . . .

Kleine guternährte und schlechterzogene Franzosen, habt Euer Bild überall vor Augen: auch im Liebesakt in den Augen Eures Partners. Der Konformismus, der Snobismus schlafen auf dem Grunde der Betten mit derselben Unbesorgtheit wie in den Salons. Niemand, wirklich niemand benimmt sich je »gut« in einem Bett, es sei denn, um zu lieben und geliebt zu werden – zwei Bedingungen, die sich selten erfüllen. Und dann, manchmal, als ob keiner keinen liebte . . . das Grauen! Als ob dieser ganze gezwungene, zusammenhanglose, fast grausame Dialog, den wir führen, den wir zu führen versuchen, zu einem eisernen Vorhang würde. Mir, die ich immer hartnäckig versucht habe, irgendwie zu verstehen, und die ich immer mit dem Leben auf gutem Fuße gestanden habe, selbst mir kommt es manchmal so vor, als könnte ich nicht mehr, als könnten meine Gesprächspartner nicht mehr. Und ich würde mir gern den Staub von den Sandalen schütteln und nach Indien fliehen. (Aber ich fürchte, die Hippie-Routen sind für einen Maserati kaum befahrbar.) Und dennoch, es sind meine Freunde, die zu mir sprechen und denen ich antworte, und wir verstehen uns. Aber das Bild, das ich am Ende von uns habe, ist das jener eisen-, jener stahlgewappneten Soldaten, die sich auf den merkwürdigen, von Fellini im *Satiricon* erfundenen Schiffen dem Strand nähern, auf dem Tiberius sterben muß. Nur, wie mir Fellini später erzählte, waren diese Schiffe Schein, sie hätten nie schwimmen können, und wäre einer dieser Krieger gestolpert, er wäre unausweichlich auf den Meeresgrund gefallen, hätte Fellini nicht darüber gewacht. Allein, Gott ist nicht Fellini, und eines Tages werden wir uns alle auf dem Grunde des Wassers wiederfinden, ohne viel verstanden zu haben. Aber mit etwas Glück wird sich eine Hand, ob eisenbehandschuht oder nicht, an unsere klammern.

Als Eléonore ihren Kriminalroman beendet hatte, der nebenbei so übel endete, wie ein Kriminalroman nur enden kann, das heißt: die Schuldigen getötet, die Unschuldigen blessiert und die Detektive zunehmend blasierter, betrachtete Eléonore mit einer Art von Belustigung die granatfarbenen Wände und den Louis-Philippe-Tisch mit den drei Nippes darauf, die von nun ab ihre Umgebung bildeten. Sébastien war geflohen, das kam äußerst selten vor. Sie verstand ihn sehr gut. Für sie entsprach jede Tätigkeit, jeder Besitz, jede Liaison einer Bloßstellung: gewinnen, verlieren, oder in Sébastiens Fall, mit den Zähnen klappern. Sie fand schließlich nach einigem unschlüssigen und gleichgültigen Suchen in dieser verlassenen Wohnung einen Spiegel. Es war sichtlich notwendig, daß sie neues Make-up auflegte, die Wimpern schwarz nachtuschte und die Lippen neu anmalte und daß sie damit, in einer künstlichen Weise, die einzige Wahrheit wiederbelebte, die sie in sich verspürte, und das war ihr Skelett. Sie wollte nichts mehr. Sie fürchtete nichts mehr. »Und das Leben, ja, das Leben«, wie Villiers de l'Isle-Adam sagt, »das leben die Dienstboten für uns.« Es lag etwas so Lächerliches in den Bewegungen, mit denen sie ihre Wimpern schwarz tuschte, obwohl ihre Augen wahrhaft genug gesehen hatten, die Linien ihres Mundes auffrischte, obwohl ihr Mund allzu viele andere Münder gekannt hatte, und welch ein Maß an Überspanntheit, Haare zu kämmen, zu frisieren, deren einziges Los bisher gewesen war, von verschiedenen ungeduldigen Männerhänden gelöst zu werden, die in keinem Fall weiter oder genauer höher gegangen waren als bis zum Rückenmarkknoten im Nacken, von dem man sagt, er sei das Zentrum, der große Räsonneur, der große Generaldirektor aller Gefühle.

Eléonore hatte nicht die Kraft, ihr Gepäck auszupakken, und auch nicht die Lust. Paris erschien ihr trübe wie eine verbrauchte Lampe, und dieser Ort, der vor Trostlosigkeit nahezu unerträglich war, störte sie wirklich nicht, sondern entsprach für sie einer gewissen geistigen Verfassung, die sie nicht einmal für sich zu formulieren brauchte: »Ja, ja, nun gut, so ist es, der Sommer, das ist nun erledigt.« Da sie sich so geschminkt hatte, daß sie sich selbst, ihrem Bruder oder wem auch immer fremd war, da sie sich unter den bestimmten Bedingungen, die sie sich auferlegt hatte, unfähig fühlte auszugehen, da sie sich zu allem unfähig fühlte, außer einen neuen Kriminalroman zu lesen – aber der mußte noch gekauft werden, und sie fühlte sich unfähig, durch die Tür zu gehen –, streckte sie sich wieder neugeschminkt und übrigens sehr schön, auf dem alten Diwan aus und wartete. Sie wartete erst einmal darauf, daß ihr Herz sich beruhigte, denn dieses idiotische, dieses verrückte Ding, das noch niemals für jemand geschlagen hatte – und irgend etwas in ihr hatte es ihr oft genug vorgeworfen –, fing an zu schlagen wie eine zu gut aufgezogene, zu regelmäßige, zu starke und derart laute Pendeluhr, daß ihr, um den üblichen Ausdruck zu gebrauchen, die Schläfen schmerzten. Eléonore konnte nichts mehr. Sie konnte sich nicht mit der Concierge unterhalten, die sie übrigens sehr sympathisch fand. Sie konnte Sébastien nicht das Lächerliche an seinem Verhalten klarmachen, denn schließlich verhielt er sich nur ihretwegen so. Sie konnte nicht Hugo besuchen gehen, denn die Mauern der Stockholmer Gefängnisse waren zu dick. Sie konnte auch nicht (schöner Sommer) Mario wiedersehen, der sie sicher schon vergessen hatte, ganz wie sie selbst. Diese tödliche Traurigkeit, diese Einsamkeit, in die sie sich gefügt hatte und die in Innersten ihres Lebens immer dagewesen war, gegen die sie nur zehn Jahre lang angekämpft hatte, ungefähr zwischen achtzehn und achtundzwanzig, diese Einsamkeit fand sie, da sie nun völlig unausrottbar war, vergrößert, schmutzig, übermächtig in diesem granatfarbenen und schäbigen Zimmer wieder, das selbst ihr Bruder, ihr Castor, ihr Pollux verlassen hatte. Sie zögerte unschlüssig vor den weißen, einfachen

Tabletten, und sie wußte, daß sie einfach zu bekommen waren, aber das erschien ihr ein bißchen zu vulgär, genauer, ein bißchen zu einleuchtend; sie ging schlafen, in eines der beiden Betten, die die Concierge pflichtgetreu bezogen hatte. Wenn sie im Schlaf ihr Kopfkissen umarmte, wie man einen Mann umarmt oder ein Kind, dann wirklich nur, weil der Schlaf ihr die angeborenen Reflexe nahm.

Das Ärgerliche an diesem bezaubernden Metier – Beruf – Bedürfnis – geistigem Selbstmord – Ausgleich – ist, daß man im Verlaufe von achtzehn Jahren, wie in meinem Fall, buchstäblich alle nur möglichen und erdenklichen Kommentare über sich hat ergehen lassen müssen. Ich, zum Beispiel, wurde immer mit frohsinnigen Damen oder unerschütterlichen jungen Leuten beglückt, die mir erzählten, daß sie immer a) *Bonjour Tristesse* und b) von meinen Theaterstücken *Ein Schloß in Schweden* sehr geschätzt hätten. Das ist für einen Autor leicht deprimierend, selbst wenn es gut gemeint ist, denn man hat das Gefühl, man habe zwei schöne, sehr gesunde Kinder zur Welt gebracht, die ihren Weg ins Leben geschafft haben, und dann eine Reihe kleiner lahmer Enten, die weniger gefallen haben, die armen ... Diese Kategorie von Lesern ist die häufigste. Dann kommen die, die »gesehen« haben: »Ich habe, wie alle anderen, *Bonjour Tristesse* sehr gern gelesen, aber ich muß Ihnen sagen, meine große Schwäche ist *Lieben Sie Brahms*. O la la, Ingrid Bergman, war die gut darin!« Dritte, noch raffiniertere Kategorie: »Wissen Sie, technisch war das Stück schlecht inszeniert.« (Und da senke ich die Augen, denn ich bin's, die es inszeniert hat.) »Aber ich glaube, von Ihren Theaterstücken gefällt mir am besten *Bonheur, Impair et Passe*.« Vierte Kategorie, noch spezialisierter, also noch mehr gegen den Strom: »Also, ich will Ihnen sagen, das einzige Buch von Ihnen, das ich gern gelesen habe (Hintergedanke, den Rest hätte ich gern in den Papierkorb geworfen), das einzige, das etwas Heftiges, etwas Obsessionelles an sich hat, ist *Die wunderbaren Wolken*.« Auf diese Weise legt man sich ein äußerst sonderbares Verhalten zu, man ist zugleich Henne, die bereit ist, ihre Kleinen zu verteidigen, wenn der Vorwurf zu grob ist, und man ist ganz resignierte Zustimmung – alles hängt vom Tag ab und vom Kopf des Gesprächspartners –, die einen aber dazu bringen kann, an irgendeine Gurgel zu springen mit dem Gedanken: »Armer Idiot, mein bestes Buch ist das!« Nebenbei, ohne zu wissen welches. Oder umgekehrt: »Mein armer Freund, all das ist keinen Pfifferling wert.«

Genau besehen ist das ziemlich verwirrend, diese Mischung aus Unbefangenheit, Plumpheit und Freundlichkeit, mit der die Leute einem über das erzählen, was man gemacht hat. Trotzdem ist das ganz logisch: man liefert ihnen zweihundert oder dreihundert – in meinem Fall eher zweihundert – Seiten Prosa, für die sie fünfzehn

– zwanzig Francs zahlen, oder einen Parkettsitz, fünfundzwanzig Francs, und sie meinen, damit das Recht zu haben, ja fast die Pflicht, einen über ihre Reaktionen zu informieren. Ich frage mich sogar, ob einige nicht meinen, einem damit einen Dienst zu leisten. Was sie zum Preis des Buches nicht hinzurechnen, das ist diese enorme geistige, moralische, psychologische, morbide, unerträgliche Mehrwertsteuer, das Schweigen, das manchmal zwischen einem herrscht, der gern schreibt, und dem Blatt Papier vor ihm. Und die unzähligen Umwege, um zu vermeiden, daß man den Tisch sieht, an dem man eigentlich sitzen sollte, und die unzähligen Umwege, um auch den Regen oder die Sonne draußen nicht zu sehen, furchtbare Versucher. Ich habe immer die – offenbar zahlreichen – Leute bewundert, die in den Cafés schreiben. Ich glaube, ich würde in einem Café meine Zeit damit verbringen, daß ich die Köpfe der anderen Gäste betrachte und Blicke mit einem schönen Argentinier austausche oder es versuche. Alles lenkt mich ab, wenn ich nicht mehr allein bin. Alles zieht meine Aufmerksamkeit auf sich, alles amüsiert oder verletzt mich, je nachdem. Nur zweifach eingeschlossen von einer unbeugsamen Hand – doch leider muß diese Hand meine eigene sein, und Gott weiß, daß es meiner Hand nicht an Beweglichkeit fehlt – kann ich arbeiten. Ich habe schon manches Mal in meinem Leben versucht, mich von anderen einschließen zu lassen, von guten Seelen, die um mein Schicksal besorgt und von meinem

Willen wenig überzeugt waren, aber dann erwachte mein dahingeschiedener Wille wie ein Floh, und ich war fähig, von Balkons herunterzuklettern, an Regenrinnen herunterzurutschen, ein tödliches Geheul anzustimmen, bis man mir öffnete. Und dabei heulte ich natürlich, daß die Literatur eine Frage der Inspiration sei, daß ich mich weigerte, ein Bürokrat zu sein, daß ich nicht nach Stückzahlen entlohnt würde, daß ich keine zwölf Jahre mehr hätte.

Sonderbar, das Schicksal eines Schriftstellers. Er muß sich an kurzen Zügeln führen, in wohlgemessenem Schritt und mit geradem Rückgrat, während er dem Ideal nach ein unbändiges Pferd mit fliegender Mähne sein müßte, das über die lächerlichen Gräben der Grammatik, der Syntax oder der Faulheit hinwegsetzt, und diese letzte ist eine gigantische Barriere. Wenn ich daran denke, daß man diesen Beruf einen freien Beruf nennt, wenn ich daran denke, daß man nicht einmal einen Bürochef hat, der einem auf die Finger klopft, wirklich niemand, der einem die Manuskripte beurteilt, und wenn ich daran denke, daß die Freiheit im Grunde immer nur gestohlen ist und daß der einzige, dem man sie stehlen kann, in diesem Fall immer man selbst ist. Bestohlener Dieb, Gärtner und Pflanze, das ist unser Los. Die übelsten Schikanen können immer nur von uns selbst kommen. Wenn ich an mein unglückliches Schicksal denke, das so aussieht: ich tue, was ich will und wann ich dazu Lust habe, und lebe außerdem auch noch üppig davon, wenn ich daran denke, dann habe ich Lust, aufzuschluchzen. Kurz, ich hoffe, daß meine Leser und mein Verleger mich verstehen werden und genug Phantasie haben, um mich zu bedauern.

Also, werden Sie zu mir sagen, wozu dann schreiben? Zunächst einmal aus finsteren Gründen: weil ich eine alte Schwatzdrossel bin, und wenn ich einmal zwei oder drei Jahre nicht schreibe, dann habe ich das Gefühl, ich bin völlig heruntergekommen. Leider! Wenn meine Bücher dann erschienen sind, behandelt mich ein gewisser Teil der Kritik ganz wie eine, die völlig verkommen ist. Beeinflußbar, wie ich bin, höre ich auf zu schreiben, nicht ohne ein lebhaftes Gefühl der Erleichterung ... Und dann, zwei Jahre später, wenn die Echos dieser lieben Stimmen (der Kritiker) verklungen sind, komme ich wieder zu meinem eigenen Urteil: »Meine arme Freundin, du bist nur eine, die völlig verkommen ist.« Man sieht, wie angenehm die Ketten sind, und wie amüsant es ist, in Paris im Jahre 1972 ein »erfolgreicher« Schriftsteller zu sein. Ah, weil ich mit meinen Klagen noch nicht am Ende bin! Dieses Leben voller Honig und Rosen, voller Leichtigkeit, Heiterkeit und Dummheit, das muß man ertragen können! Man muß ein kräftiges Rückgrat haben, um weder Langeweile, noch Verpflichtungen, noch Konventionen, kurz all das zu tolerieren, was die Sammelpunkte der Bedeutung für einen jeden ausmachen, gleichgültig von welchem sozialen Niveau er ist. Man muß sehr ausgeglichen sein, um frei irgendwo herumzuspazieren, ohne daß dieser Spaziergang für einen selbst etwas anderes wird als ein köstliches Schuleschwänzen.

Sébastien ruhte auf dem Rücken in den herrlich weichen Laken, von Porthault, von Nora Jedelmans Bett. Es war noch warm, und durch das offene Fenster drangen von der Avenue Montaigne Schritte und Stimmen einiger verspäteter Passanten herauf. Am Anfang war alles tröstlich gewesen. Da war Noras diesmal vor Erleichterung fast scheuer Empfang gewesen, das infernalische, aber rührende Gekläff der Chihuahuas und vor allem die beigefarbene Teppichstrecke, die gigantisch war wie das Meer, das er gerade verlassen hatte, und ebenso beruhigend. Und dann ein verfrühtes Holzfeuer, und dann einige Whiskys, diesmal mit Eis, und, zum Schluß natürlich, jemand, der ihn brauchte, der ihn liebte und der es ihm sagte. Aber nun kam er sich vor wie ein Deserteur. Die nackte, reichberingte Hand auf seiner Schulter schien ihm schwerer und schwerer zu wiegen, während die etwas näselnde Stimme, selbst wenn sie flüsterte, immer lärmender wurde.

– Die arme Eléonore, sagte die Stimme, und schon die Bezeichnung »arm« erfüllte Sébastien mit Ablehnung, du hast sie ganz allein gelassen.

– Meine Schwester liebt die Einsamkeit, antwortete Sébastien. Sie müßten es wissen.

– Deine Schwester ist sonderbar, sagte die Stimme. Ich frage mich . . . weißt du, als ich ihr diesen charmanten Dave Burby vorgestellt habe, hat sie ihn nicht einmal angesehen. Sie hat sich viel lieber mit dem Mädchen unterhalten, mit dem er gekommen war, Candice.

– Ah, ja, sagte Sébastien zerstreut.

– Ich habe mich in dem Augenblick sogar gefragt (ein kleines verlegenes Lachen in der Dunkelheit), ob deine Schwester nicht Frauen vorzieht.

Sébastien gähnte und drehte sich auf die Seite.

– Wenn ihr diese Candice gefallen hätte – und meiner Ansicht nach war sie viel amüsanter als Burby –, hätte Eléonore sicher nicht lange überlegt, sagte er.

– My God, sagte Nora klagend, denn manchmal erwachte ihr Protestantismus wieder, besonders nach der Liebe.

– Machen Sie sich keine Gedanken, fuhr Sébastien fort, Eléonore hat den ganzen Sommer über mit dem Gärtner geschlafen.

– My God, rief Nora, deren Snobismus noch stärker war als die moralischen Konventionen, mit Mario?

– Ja, mit Mario, sagte Sébastien. Übrigens meiner Ansicht nach der schönste Mann, der bei Ihnen war.

Einen Augenblick lang herrschte erstarrtes, für Sébastien erquickendes Schweigen, er verspürte allmählich eine Allergie gegen diese Laken, die Chihuahuas, die unter dem Frisiertisch lagen, und gegen diese Frau, die vor Fragen fast platzte. Nora erschien dieses Schweigen weniger erquicklich. Wie viele Leute aus bescheidenen Verhältnissen, die zu einem gewissen Vermögen gekommen sind, was sie in ihrem fürchterlichen Jargon ein gewisses »standing« nennen, betrachtete sie eine Liaison mit einem Hausangestellten als beispiellose Verderbtheit. Obwohl alle diese Frauen es sich zur Gewohnheit (und sogar zum Vergnügen) gemacht haben, ihre Liebhaber in Kammerdiener zu verwandeln, erschien ihnen das umgekehrte Verfahren unzulässig. Alles in allem wäre es ihr lieber gewesen, Eléonore hätte eine zweifelhafte Liaison mit dieser Candice angeknüpft, denn immerhin war sie die Tochter eines in Dallas wohlbekannten Textilhändlers. Es kam für sie selbstverständlich nicht in Frage, Eléonores Lebenswandel vor Sébastien zu verdammen: sie wußte nur allzugut, daß das automatisch seinen endgültigen Abschied zur Folge haben würde. Aber als Herrin des Hauses war es ihre Pflicht, derartige Machenschaften zu brandmarken und das Sébastien zu verstehen zu geben, natürlich nur andeutungsweise. Übrigens hatte der arme Liebling sicher grausam unter der Neigung seiner Schwester zu Domestiken zu leiden. Wie jeder, der nicht allzuviel versteht, machte sie sogleich aus einem einzelnen Vorkommnis ein dauerndes

Laster. Sie sah also Sébastien vor sich, wie er seine Schwester von Hotel zu Hotel schleppt, wie er die schönen Stewards meidet und zweifelhaften Haushofmeistern aus dem Weg geht, einen Sébastien, der an Eléonores mangelndem »Standesbewußtsein« verzweifelt. Sein zur Schau getragener Zynismus war sicher nur ein Scheinmanöver, um seine Schwester zu verteidigen. Zum Bersten vollgestopft von gütigen Gefühlen, die ihr die Tränen in die Augen trieben, legte sie ihren Kopf auf seine Schulter und drückte beredt seine Hand. Und das löste Sébastiens unbändiges Gelächter aus. Er hatte all das nur aus Überdruß gesagt, um dann wie üblich zu lachen und weil es außerdem wahr war, aber er hätte nie geglaubt, daß sein bescheidener Bericht (Gott weiß, daß Eléonore und er schon ganz andere Dinge hinter sich hatten) eine so jungfräuliche Reaktion hervorrufen würde. Er hätte die einer romanischen oder nordischen Frau entschieden vorgezogen, denn die hätte belustigt gesagt: »Oh, wirklich, Mario ... Bin ich dumm, ich wäre nie darauf gekommen.« Aber da war Amerika, dicht neben ihm, und obwohl sie unter den Bettüchern von Porthault lagen, segelte die Mayflower an seiner Seite und mit ihr die Quäker, das Geld, das sich schickt, und das Geld, das sich nicht schickt, die Bibel und vor allem, vor allem sämtliche erdenklichen Kommentare von kleinen Quäker-Freundinnen. Unter diesen berühmten europäischen weichen Bettüchern, diesen Tüchern mit den bleichen Blumenmustern in Aquarellfarben, diesen europäischen Blumen, erhob sich ein wütender Sturm, der von Transvaal kam, von der amerikanischen Verfassung, vom Far West und den Banken von Boston. Die Empörung, die er in dem kleinen erschrockenen und angenehmen Körper spürte, in dem Körper seiner Bettgefährtin, diesem kleinen Körper, der dank der Dollars aus Boston so viel mehr genossen hatte als dank der biblischen Gebote, entzückte ihn. Plötzlich, als ihn der erste Lachkrampf an der Gurgel packte, sah er Eléonore vor sich, in dieser erbärmlichen Wohnung, in der er sie zurückgelassen hatte, er sah sie vor sich, groß, schmal, mit geöffneten Händen – sie schlief immer mit geöffneten Händen –, er sah ihre etwas zu langen Augenlider über ihren grauen Augen, grau wie die seinen, und er dachte daran, daß ihr jede Vulgarität, ja, selbst die Angst davor fehlte, und einmal mehr durchdrang ihn das Gefühl, daß sie zwar keine Zwillinge, aber dennoch vom selben Blut waren, auf ewig zu denselben Reaktionen, denselben Weigerungen verurteilt, und das machte ihm Angst. »Diesmal, sagte er sich und saß jetzt auf dem Bett, in seinen Augen glänzten die Lachtränen (schon beim Gedanken an die Mayflower), ist es wahr, daß ich mich hier mit Pöbel einlasse«, und immer noch lachend stand er auf und kleidete sich trotz der weinerlichen Fragen und der Liebesschwüre der armen Nora an. Unfähig, ihr auch nur ein Wort zu sagen, unfähig selbst, ihr zu sagen, daß er mit den allerbesten Absichten der Welt gekommen war und daß bei seinem Entschluß, zu ihr zu kommen, das Mitleid mit ihrer Einsamkeit in ihrer zu großen Wohnung eine ebenso bedeutende Rolle gespielt hatte wie seine eigene gedrückte Stimmung. Unfähig also, sie zu beruhigen, und immer noch lachend sprang er immer vier Stufen zugleich die Treppe hinunter, fand sich in der frischen Morgenluft auf der Avenue Montaigne wieder und begann in Richtung Rue Madame zu laufen ... nicht sehr lange, nur bis er ein Taxi fand. Kaum war er angekommen, weckte er Eléonore, als er über ihren Koffer im Eingang stolperte, und sie richtete sich auf und murmelte mit einem freundlichen, aber erstaunten Gesicht, als ob sie jemand anders hätte erwarten können: »Ah, sieh da, du bist es.« Er setzte sich auf ihr Bett und erzählte ihr alles, und sie lachten die ganze Nacht über so sehr, in jedem der beiden Aschbecher mit dem Martini-Schild lagen fünfzig Zigarettenstummel, und die Flasche wanderte unaufhörlich von dem einen zum anderen, sie lachten so sehr, daß sie am Mittag des folgenden Tages noch erschöpft, glücklich und wiedervereint schliefen.

Das Angenehme an diesem Roman, den ich Tag um Tag schreibe, und meine große Hoffnung ist, daß niemand, wirklich niemand mir sagen wird: »Das ist seltsam, wissen Sie, Sébastien, das bin ich und Eléonore, das bin ich haargenau.« (Wegen Nora Jedelman mache ich mir kaum Sorgen.) Diese Aneignung, die, wie es scheint, jedem Erfolg zugrunde liegt, jedenfalls meinem, ist so ermüdend. Ich habe erlebt, wie mir monströse Damen erklärten, an welchem Punkt sie sich in der »Paule« aus *Lieben Sie Brahms* oder weiß Gott wo, wiedererkannt haben, ich habe erlebt, wie merkwürdige, meinem Denken vollkommen fremde Leute in dem ihren meinen Helden ähnelten. Diesmal glaube ich aber, daß niemand in einem dieser beiden verrückten Schweden sein Ebenbild sehen wird. Vielleicht werden mir einige anstößige Geister erklären, daß »sie auch, der Inzest ...« Aber sonst? Es scheint mir schwierig, sich diesen Leuten anzugleichen. So weit, so gut, aber wenn die bewußten

Monster mir zuraunten: »Wissen Sie, ich habe all das durchgemacht«, dann wäre ich sicher, daß es in gewisser Weise wahr ist. Nicht der gesunde Menschenverstand ist auf Erden am gleichmäßigsten verteilt, sondern die Gefühle sind es. Und die gräßliche Dame, die sich gezwungen sah, zwischen einem gesetzten, reifen Mann und einem allzu feurigen Liebhaber zu wählen, hat nicht gelogen: sie hatte in dem einen oder anderen Augenblick die Möglichkeit, daran zu glauben, oder wenn nicht die Möglichkeit, dann noch den lebhaften Wunsch; und das geträumte Leben sieht am Ende sehr, fast täuschend, dem gelebten Leben ähnlich. Gesetzt, daß das kostbarste Lebensmittel – das Gold, das Salz, das Wasser selbst –, das man in dieser Mahlzeit finden kann, in dieser bizarren Mahlzeit, die sich Gespräch zwischen zwei menschlichen Wesen nennt, daß dieses Lebensmittel also die Phantasie ist, daß sie sehr selten ist, daß sie das einzige Bedürfnis, die einzige Lust der Leute ist, welche sie übrigens manchmal besitzen, aber niemals erzwingen können. Eben diese Phantasie, die man zu Recht die Irre im Oberstübchen nennt und die als einzige verhindern kann, daß man sein Oberstübchen auf einer praktischen und langweiligen Basis aufbaut, kurz, um meinen Satz zu beenden, man muß schon verstehen, daß es nichts gibt neben ihr . . . Ich will damit sagen, wenn man seinen Freunden gegenüber nicht ein wenig Phantasie hat, kann es passieren, daß sie sich ganz dumm umbringen, nur weil man an einem Abend ihnen gegenüber in der Hinsicht versagt hat. Wenn man selbst allein ist und aus irgendeinem Grunde X völlig verzweifelt, dann kann es passieren, daß die Wärme und die Lust zu leben plötzlich in einem emporflammt, nur weil irgendein Ereignis diese arme Irre geweckt hat. Wenn man eine sogenannte schöpferische Arbeit tut, dann kann es passieren, daß man ihr nächtelang nachläuft, hingerissen und entsetzt zugleich, wie Kinder im Sommer in den Landhäusern Fledermäusen nachlaufen. Es kann passieren, daß man jemand trifft und den Eindruck hat, man stünde im Angesicht eines Schwerverletzten, fast eines Gesichtsverletzten – wie auch immer seine wirkliche Schönheit sei –, und das einfach, weil die Irre aus dem Oberstübchen nie bei ihm vorbeigekommen ist. Es kann passieren, daß man sich in einen fanatischen Lügner verliebt, weil er, gefangen zwischen zwei Lügen und vor Zeugen in die Enge getrieben (»squeezed« sagen die Engländer), sich dank einer dritten Lüge herauszieht, die bewundernswert ist durch das, was sie enthüllt. Ich habe in meinem Leben bei Gott Leute erlebt, die man heutzutage mit Verachtung Mythomanen nennt. Ich spreche nicht von der Verteidigungs-Mythomanie, die immer sehr bedrükkend ist, ich spreche von der anderen, deren Ziel es ist zu gefallen. Ich war sehr lange ihr glückliches Opfer. Ich erkenne sie jetzt an rein physischen Merkmalen, deren Kennzeichentabelle ich den Leserinnen von *Elle* vermitteln sollte, zum Beispiel: eine ruhige Erscheinung, die Stimme etwas klanglos, ein gerader, fast düsterer Blick und, im Gegensatz zu Provinzfilmen, ein völliger Mangel an selbstsicheren Gesten. Die Mythomanen üben auf mich einen klarumrissenen Reiz aus, sie lügen fast immer zweckfrei. Man könnte fast sagen, daß sie ebenso lügen, um einem Freude zu machen, wie um sich selbst Freude zu machen. Es gibt den masochistischen Mythomanen (leider selten), der Geschichten erzählt, die zu seinen Ungunsten ausgehen, und das ist die höchste Form von Humor; dann gibt es den paranoischen Mythomanen (leider der häufigste), der einem lachend von seinen Triumphen, seinen Erfolgen, seinem Ruhm erzählt. Ich könnte und wollte um nichts auf der Welt den einen oder den anderen unterbrechen (zumindest wenn sie nicht tödlich langweilig sind). Und dann gibt es noch, und das ist tragisch, den Mythomanen ohne Phantasie, den Mythomanen mit fixen Ideen, dem alle Nachtschwärmer ausweichen wie erschrockene Vögel vor einer Vogelscheuche, wenn er an einem nächtlichen Ort auftaucht. Ich würde sie nicht unterbrechen, die Mythomanen, aus zwei Gründen: zunächst weil es für sie eine Anstrengung bedeutet, ihr Leben auszutauschen, indem sie es neu herstellen – was ist schließlich die Literatur anderes? –, und dann, weil sie einen aus Freundlichkeit in den Wirbel ihrer Spiralen zu reißen suchen. Oh, wenn gewisse Skeptiker nur verstehen wollten, daß gewisse Lügen, die man ihnen erzählt, gewisse Darstellungen vor allem eine Ehre sind, die man ihnen erweist: man hält sie gleichzeitig für intelligent genug, um das gestellte

Problem zu erfassen, für phantasiereich genug, um eine Lösung zu ersehnen, für kindlich genug, um anzunehmen, es gäbe eine, und für zartfühlend genug, um nicht zu sagen »Hören Sie mir doch auf mit diesem Spiel«. Gewisse Personen, deren Leben von diesen genialischen, bizarren und unwahren Geschichten genährt wurde, sollten sich klarmachen, daß sie sich an ihnen genährt und getränkt haben und daß sich ihnen damit einmal und umsonst die gebieterische, zärtliche und brennende Hand der Irren im Oberstübchen, der Phantasie, auf die Stirn gelegt hat.

Die Concierge hatte ihnen, um sie zu wecken, einen sehr schwarzen Kaffee gebracht und hatte sich glücklicherweise vorgenommen, ihre Koffer auszupacken. Sie fand, es ginge trotz allem ein bißchen zu weit, daß all die reizenden Kleider dieser Madame Van Milhem nach vierundzwanzig Stunden immer noch in einem Koffer zusammengepreßt lagen. Zu diesem natürlichen Ärger einer Frau, die Sinn für Make-up hatte (wie bereits gesagt wurde) und damit Achtung vor Eleganz, kam allmählich die teilnahmsvolle Fürsorge, die spontane Ergebenheit, die die Van Milhems immer hervorriefen, wenn sie zufällig einmal allein reisten ... Schon nahm Madame Schiller, die Concierge, die Probleme von Heizung, Kohlen, Strom und anderen Zünften in ihre Hände und war wirklich entzückt über diese beiden verspäteten Kinder, die ihr plötzlich in die Arme gefallen waren (Madame Schiller hatte nie ein Kind gewollt). Sie führte in einer blumigen, aber praktischen Sprache am Telefon ihre Verhandlungen, während die Geschwister teilnahmslos an ihren Zwiebäcken knabberten. Die Gegenwart von Madame Schiller erschien ihnen in ihrem Leben, in der Organisation dieses Lebens, ebenso natürlich wie die – es klingt furchtbar – Nora Jedelmans. Sie fanden sie sogar weniger lästig und besser zurechtgemacht.

– Diese arme Nora, sagte Sébastien, wenn sie anrufen will, wird sie Schwierigkeiten haben. Unsere Wohnung ist ein wahres Hauptquartier.

– Du hast ihr ein vergiftetes Geschenk gemacht, sagte Eléonore, während sie dich mit hübschem Kinderkram überhäufte. Das ist nicht nett.

– Was für ein Geschenk? wollte Sébastien wissen.

– Du hast ihr den Gefallen an der Liebe wiedergeschenkt, sagte Eléonore, und sie reckte sich, ging ins Bad, oder was statt dessen diese Bezeichnung trug, und kam sofort wieder, um Madame Schiller zu benachrichtigen, daß kein heißes Wasser da sei.

Es stellte sich heraus, daß Madame Schiller ausgerechnet die beste Freundin der Frau des Klempners (sonst ein unerreichbarer Mann) war, und es war ihr eine Ehre, ihnen das zu demonstrieren.

– Ich habe noch ungefähr viertausend Francs, sagte Sébastien, und die Miete ist für drei Monate bezahlt, aber man braucht auch Nahrung und Kleidung.

– Oh, Kleidung, sagte Eléonore, braungebrannt, wie wir sind . . .

– Diese Bekleidung ist trotzdem etwas zu leicht, sagte Sébastien. Nein, ich werde Arbeit suchen.

Eléonores Heiterkeitsausbruch hätte fast das komplizierte Geschäft, das sich zwischen Madame Schiller und der Frau des Klempners abwickelte, zum Scheitern gebracht. Eléonore lachte selten, aber wenn sie lachte, so war es ein tiefes, unbezwingliches und ansteckendes Lachen, ein Lachen »à la Garbo«, wie ihr Bruder sagte. Sébastien ärgerte sich:

– Ich werde meinen Freund Robert anrufen, wenn du dich endlich beruhigt hast, aber wenn du willst, können wir auch für dreitausend Francs Whisky kaufen und das Geld hier mit Volldampf vertrinken. Es müßte mit dem Teufel zugehen, wenn man nicht daran abkratzt.

– Bei unserer Gesundheit, sagte Eléonore, fürchte ich, nein. Weshalb fragst du nicht Madame Schiller? Sie findet sicher für dich eine Stelle als Wärter im Luxembourg.

– Sicher, aber das widerspricht meinen Anschauungen. Kannst du dir vorstellen, wie ich Liebespaare und Kinder verjage, Hunde verscheuche und ab fünf Uhr wie ein Verrückter pfeife? O nein!

– Ich wäre gern Heimnäherin, sagte Eléonore plötzlich. Ich würde hierbleiben, mit der einen Hand würde ich nähen und mit der anderen das Buch halten.

– Leider kannst du nicht nähen, und ich glaube, daß man dazu zwei Hände braucht, sagte Sébastien.

Sie saßen versonnen, aber hingerissen da. Sie tauschten gern in einem ernsthaften Ton unmögliche und anspruchslose Projekte aus, und sicher wären ihnen diese relativ freien Beschäftigungen, wenn sie nur dazu in der Lage wären, moralisch leichter erträglich gewesen als das Leben ausgehaltener Leute. (Moralisch hier im Sinne von moralischer Strapaze und nicht von reiner Moralität.)

– Ich habe den Klempner, rief Madame Schiller. Ich habe ihn beim Weggehen erwischt, und er wird heute abend zu uns kommen.

Dieses »uns« ließ sie lächeln: sie hatten schon eine Mutter gewonnen. Sébastien wurde von ihrem Schwung mitgerissen, er nahm das Telefon ab, wählte die Nummer in der Rue de Fleurus und erreichte Robert (der gerade ausgehen wollte und der natürlich sofort da sein würde). Er wandte sich lächelnd zu Eléonore.

– Es scheint wirklich so, als ob die Leute in Paris einzig von Adverbien leben. Sie sind immer »gerade« im Begriff, etwas zu tun, sie kommen »natürlich« mit Freuden, und »selbstverständlich« wird er sich »aktiv« darum bemühen, siehst du, daß er für mich eine Stelle findet.

– Ich werde versuchen, mich wenigstens andeutungsweise schön zu machen, sagte Eléonore, mit oder ohne Klempner. Wenn dieser Robert auch anscheinend wenig empfänglich für Frauen ist, halte ich trotzdem nicht viel davon, ihn im Morgenrock zu empfangen.

Sie hatte plötzlich wieder sehr gute Laune. Sébastien war wieder frei, Madame Schiller half ihnen, und dieser schmucklosen Wohnung mangelte es nicht an einem gewissen Reiz.

– Mach dir keine Sorgen, sagte sie auf der Schwelle zum Bad, du hast diesen Sommer für alles gesorgt. Jetzt werde ich einmal für uns die Dinge in die Hand nehmen.

Sébastien, der auf dem granatfarbenen Diwan lag und in einem von Madame Schiller geborgten *Parisien Libéré* blätterte, lachte leise, was soviel hieß wie »es war Zeit«. Auch er fühlte sich so glücklich, wie man nur sein kann.

Robert Bessy war mittelgroß, ein bißchen zu korpulent, etwas zu jugendlich gekleidet und hegte offensichtlich für Sébastien eine verzweifelte Bewunderung. Er küßte Eléonore die Hand, entschuldigte sich, daß er sie so schlecht untergebracht hatte – beide protestierten –, und nahm dann ein Schlückchen vom Rest aus seiner Flasche in einem Zahnglas an. Er war etwa vierzig Jahre alt; da er Pressebeauftragter für etliche Modehäuser und Theater war und zahlreiche Pariser Soirées organisierte, hielt er es anscheinend für höchst einfach, wenn auch etwas erschreckend, Sébastien als Mitarbeiter heranzuziehen. Er versuchte, ihm in großen Zügen zu erklären, wie seine Rolle aussehen würde.

– Es ist ein Beruf, der vor allem Lebensart, einen lebhaften Geist, Takt, kurz alle deine Qualitäten erfordert, Sébastien.

Eléonore war rot angelaufen vor Anstrengung, nicht laut zu lachen. Sébastien wurde gereizt.

– Meine Schwester ist ein Dummkopf. Ich kenne nicht mehr viele Leute in Paris, und manchmal fehlt es mir an Takt, was aber Charme und einen lebhaften Geist betrifft, meine liebe Schwester, so gestatte ich mir, dir mitzuteilen, daß ich dir darin ein paar Punkte vorgebe.

– Aber ja, sagte Eléonore und brach in Lachen aus.

– Am Anfang, fuhr Robert Bessy ein wenig außer Fassung fort, wirst du von gewissen Dingen schockiert sein ... die Rangfolgen in diesem Milieu entsprechen nicht ganz deinen Vorstellungen. Aber du wirst dich daran gewöhnen, du brauchst nur ein wenig Geduld ...

– ... Und einen lebhaften Geist, setzte Eléonore, die die Heiterkeit völlig respektlos machte, fort.

– Also gut, einverstanden, sagte Sébastien mit fürstlicher Gebärde, als mache er seinem Freund ein Geschenk, einverstanden. Ich fange nächste Woche an, bis dahin muß ich meine Garderobe überholen, sie läßt zu wünschen übrig.

Ein leichter Funke von Panik glomm in Roberts Augen auf.

– Du hast mich noch nichts zum Thema Geld gefragt, sagte er. Es ist eine ausgesprochene Aushilfsarbeit, weißt du, und so weiter ...

– Ich traue dir, ich traue dir, sagte Sébastien heiter, ich wüßte nicht, daß du jemals ein Geizhals warst.

Aus dem Panikfunken war eine Feuersbrunst geworden.

– Trotzdem muß ich dir von vornherein sagen . . .

– ich rede niemals in Gegenwart von Frauen über Geld, sagte Sébastien trocken, Robert entschuldigte sich und trat sein Rückzugsgefecht an, und Eléonore wurde damit deutlich, welch einen sonderbaren Einfluß der fürchterliche Sébastien gehabt hatte und selbst nach zwanzig Jahren noch hatte. Kleine Schikanen wie diese, im Namen der Ästhetik. Der Vergleich, den Robert im Gymnasium und noch heute zwischen dem intelligenten Windhund namens Van Milhem und dem gewitzten Cocker namens Robert Bessy, sich selbst, unausgesetzt ziehen mußte. Denn ebenso wie das Gedächtnis die Erinnerungen der Kindheit oder der Jugend viel tiefer aufnimmt und einschreibt als die des reifen Alters, ebenso üben gewisse Einflüsse, gewisse Reize, physischer oder moralischer Natur, die im zarten Alter, das heißt, in den Flegeljahren erfahren wurden, auch noch dreißig Jahre später ihre Macht aus. Vielleicht weil es gerade das Unerreichbare ist, das man in diesen unglücklichen frühen Jahren wahrhaft liebt, und weil Sébastien trotz der Zeit für seinen Freund der unerreichbare Sébastien geblieben war und bleiben würde.

Nachdem er sie untergebracht hatte und sich nun auch noch darauf einließ, sie zu ernähren, konnte Robert

Bessy nichts mehr tun, als sie zum Essen einzuladen, was er auch tat. Es wurde ein sehr heiteres Essen. Eléonore war in bester Form und zog in dem Luxusrestaurant, in das Robert sie beide geführt hatte, zahlreiche Blicke auf sich. Letzterer bemerkte es, und er, der trotz seiner unbedingten Bewunderung vor fünfzehn Jahren von der Lebensweise seiner beiden Vögel Wind bekommen hatte, sagte sich mit einer gewissen Erleichterung, daß er Sébastien vielleicht nicht allzu lange dafür bezahlen müßte, daß der sich den Anschein gab zu arbeiten. Schon malte er sich einige Diners aus, die ihn von seiner Verpflichtung befreiten. Zugleich dachte er voller Sehnsucht daran, daß er vor zehn Jahren noch närrisch vor Freude gewesen wäre, hätte er mit Sébastien zusammenarbeiten oder sogar ihm zusehen können, wie der nur so tat als ob, so genau war ihm bewußt, daß damit das Überraschende in sein Leben einbrechen würde. Ja, auch noch vor zehn Jahren, mit dreißig, wäre er bereit gewesen, jedes Risiko auf sich zu nehmen und es mit jemand zu teilen, den er bewunderte. Allein, seitdem hatte er Erfolg gehabt, er hatte Verantwortungen, und es war ihm gelungen, in dem empfindungslosen und unbarmherzigen Milieu von Paris »sein Schlupfloch zu graben«. Während er immer noch an seiner Hummerkrabbe knabberte, fragte er sich voller Trauer, ob dieser Ausdruck nicht auf grauenvolle Weise zutreffend sei, ob dieses so sorgfältig gegrabene Schlupfloch nicht das Loch für sein Grab sei.

Die rote Februarsonne ging hinter den schwarzen Bäumen unter. Am Fenster ihres Hauses in der Normandie sah die unglückselige Skribentin zu, wie der Tag sich seinem Ende neigte. Seit achtundvierzig Stunden gelang es ihr nicht mehr, auch nur das geringste Wort zu schreiben. Sie hätte darüber traurig sein müssen. Zu schreiben versuchen, ohne daß es einem gelingt, war wie ohne Lust mit jemandem zu schlafen, trinken, ohne sich zu betrinken, reisen, ohne jemals anzukommen. Das war die Hölle, das Versagen. Gewiß, die Tage vergingen alle von ganz alleine, alle einander ähnlich, und die endlich beruhigte Zeit war voller gedämpfter Sanftheit, voller Halb-Extasen der Unbeweglichkeit. Aber trotzdem war es notwendig zu leben, zu arbeiten, eines Tages nach Paris zurückzukehren, die »anderen« wiederzusehen. Es war notwendig, sich zu bewegen. Indessen waren die Vormittage sehr schön in der Sonne, die Erde verriet die Kälte, der Hund spielte stundenlang mit einem

Stock, das Holzfeuer schnurrte im gleichen Rhythmus vor sich hin wie dieser dickleibige, unvorsichtigerweise begonnene englische Roman. Sich bewegen ... Noch hätte sie unglücklich sein müssen. Und das war nur zu wahr: das wurde allmählich schmerzhaft, all das. Sie hatte mit siebzehn Jahren einen hübschen französischen Aufsatz geschrieben, der veröffentlicht wurde und sie berühmt gemacht hatte. Sie hatte sich geweigert, das Ganze tragisch, ja, sogar ernst zu nehmen: auf jeden Fall war für sie das Schreiben zunächst ein Vergnügen. Und so kam es, daß sie sich achtzehn Jahre später gezwungen sah, sich wirklich ernst zu nehmen, wenn sie nicht wollte, daß ihre Situation, die ihrer kleinen Familie, tragisch würde. Und da hatte sie absolut keine Lust zu schreiben. Und schon lastete die Reue, »diesen Tag« nichts getan zu haben, auf ihrem Gewissen. Geschichten über Steuern und Schulden, finstere Geschichten verpfuschten ihre poetische Träumerei. Man läßt die Dinge laufen, läßt leichtfertige Gewohnheiten einreißen, man läßt die anderen von uns ein Roboter-Porträt zeichnen, man läßt alles unter den Händen zerrinnen, die Zeit, das Geld, die Leidenschaften, und man findet sich vor einer Schreibmaschine wieder, die stumm ist wie ein erschöpfter Rechenautomat. Und immer im Kontrapunkt dieses leise, irre, innere Gelächter über sich selbst. Dieser Hohn. Nun gut, sie wollte gern zugeben, daß sie ihre Autos mit nackten Füßen fuhr – wie übrigens jeder, wenn er vom Strand zurückkommt, denn der Sand tut weh in den Schuhen –, nun gut, sie wollte gern zugeben, daß der Whisky einer ihrer getreuesten Leutnants war – denn das Leben ist nicht so sanft zu den halb zu Tode geschundenen, den menschlichen Wesen. Nun gut! Aber sie würde sich niemals wegen etwas entschuldigen, denn niemand schien ihr eine Entschuldigung wert zu sein. Höchstens bat sie unter gewissen persönlichen und leidenschaftlichen Umständen in der Finsternis mit wahrer Demut jemanden um Verzeihung, der verletzt war. Aber im Zusammenhang mit dem netten Hampelmann, für den man sie hielt und der sie nebenbei vielleicht war, manchmal ohne es zu wissen, das nicht! Man muß seine Bilder respektieren, wenn man sie erträgt, vielleicht mit mehr Unnachgiebigkeit, als man sich selbst respektiert. Das ist das »Ba ba« des Stolzes. Und des Humors.

»Ich, mir, mich ...« Vor Glück pfeifend warf die Gute Frau von Honfleur einen Blick aus dem Fenster: die Kühe weideten noch auf dem winterlich kurzrasierten Gras, der Hund spielte immer noch mit seinem Stock wie ein Verrückter, die Bäume breiteten sich über den Himmel aus, die Stunde war ruhig. Ohne Gedanken, ohne Vögel. Sie war sicher, daß sie sich am nächsten Morgen eher vom Schrei der Vögel wecken ließ als vom Sprudeln ihrer Ideen. Sie schlief hier, ohne sich zu bewegen, den beschädigten Arm schräg neben sich ausgestreckt, wie eine andere Person. Als sie am Morgen erwachte und ihn völlig erstarrt fand – denn der arme war wirklich gebrochen –, hatte sie Lust, ihn zu trösten, ja, sogar ihm die Hand zu drücken. Ihre entschlossene Gleichgültigkeit dem Schmerz gegenüber und ihre nicht weniger entschlossene Freundlichkeit sich selbst gegenüber beunruhigten manchmal die Skribentin. Die Schizophrenie, die Fledermaus (calva sorices), flog niedrig in diesem Jahr. Nur noch das hätte ihr gefehlt. Denn ebenso wie sie sich mit einer Art Zerstreutheit, die absolut nicht simuliert war, ohne Betäubung nähen ließ, genauso gab sie keine Ruhe, wenn sie sich, etwa zum Lesen, ein kleines Nest voller Kissen, Zigaretten und Papiertüchern baute, ein kleines Nest, das ihren schönen Augen am Ende nie vollkommen genug erschien. Die Gute Frau von Honfleur stieß einen tiefen Seufzer aus: der Abendvogel, der erste, jener, der »üliüli-a« sang, hatte angefangen. Die Sonne war verschwunden, und sie hatte Durst. Sie hatte nicht gearbeitet. »Wieder ein Tag futsch«, sagte sie laut, aber irgend etwas in ihr murmelte vor dem schon nächtlichen Rasen: »Wieder ein Tag gerettet.« Es gibt Tage im Leben, an denen Waffenstillstand herrscht, an denen man sich mit einem halb herablassenden, halb komplizenhaften Lächeln im Spiegel betrachten kann und kein anderes tiefes Bedürfnis verspürt, als lebendig zu sein und sich wohlzufühlen, während der Abendvogel »üliüli-a« singt. Aber diese Kampfpausen sind selten: die Tiger in unseren verschiedenen Triebwerken sind schnell wieder erwacht und zerfleischen sich gegenseitig.

– Seit drei Minuten läutet das Telefon nicht mehr, sagte Sébastien. Es ist wunderbar. Finden Sie nicht, Mademoiselle?

Die Sekretärin sah ihn unschlüssig an. Alle Mitarbeiter von Robert Bessy gaben sich überbeschäftigt, telefonierten selbst, wenn das Läuten einmal aufhörte, und nannten sie »mein Kleines« oder »Elisa«. Dieser große, ruhige nonchalante Mann glich so wenig als nur irgend möglich einem Pressebeauftragten. Selbst seine Höflichkeit verwirrte sie: er half ihr in den Mantel, stand auf, um ihr Feuer zu geben, und schien den »Wirbelsturmstil«, der sichtlich in dem Hause herrschte, vollkommen zu ignorieren. Erst drei Tage war er da, und schon hatte sich das Büro verändert. Die Leute brüllten nicht mehr, rannten nicht mehr und murmelten »Verzeihung«, wenn sie gegen die Türen stießen. Was würde Monsieur Bessy sagen, wenn er aus New York zurückkam. Außerdem waren die wenigen Telefonanrufe, die dieser Monsieur

Van Milhem erhielt, sehr merkwürdig: einige kamen von seiner Schwester, und er sprach mit ihr wie mit seiner Geliebten, die anderen kamen von Madame Jedelman, und er nahm ihr gegenüber den Ton eines großen Bruders an.

– Monsieur Van Milhem, sagte sie schüchtern, vergessen Sie nicht, um sechs Uhr, Bruno Raffet.

– Bruno Raffet?

Sie seufzte. Bruno Raffet war der Crack, die große Hoffnung der Gemeinde Bessy. Er war fünfundzwanzig Jahre alt, er war schön wie der Teufel, er hatte Talent, und die Filmzeitschriften redeten nur noch von ihm. Sie erhob sich, nahm die Akte Raffet und legte sie vor Sébastien hin.

– Vielleicht sollten Sie das lesen, sagte sie, er ist ziemlich bekannt und ziemlich empfindlich.

Sébastien lächelte, öffnete die Akte und bewunderte das schöne Tier, das sich vor ihm spreizte.

– Er muß den Frauen gefallen, nicht? sagte er.

Ein langer Seufzer erteilte ihm Auskunft. Er betrachtete genauer das regelmäßige Gesicht, die Schlitzaugen, die blendend weißen Zähne, die Erscheinung eines seidigen Wolfs, das dieser junge Mann selbst auf Glanzpapier hatte. Ein Wolf, und noch dazu ein gieriger. Schade, daß er keinen seiner Filme gesehen hatte.

– Worüber soll ich mit ihm reden? fragte er.

Sie breitete die Hände aus.

– Ich weiß nicht ... Monsieur Bessy hat ihn, äh ...

entdeckt, und er kommt oft hierher, um ihn, äh, ... um Rat zu fragen.

Sie war ein bißchen errötet. Sébastien erinnerte sich an die Neigungen seines Freundes Bessy und dachte, daß dieser kleine Wolf ihm bestimmt Kummer machen würde.

– Welche Ratschläge soll ich ihm Ihrer Ansicht nach geben? sagte er heiter. Abgesehen davon, daß er sich seine hübschen Zähne weiterhin zweimal am Tag putzen soll ...

– Ich wüßte nicht, wo ich ihn erreichen kann, um ihn abzubestellen.

– Das wird lustig, sagte Sébastien.

Wirklich, es wurde lustig. Weil Eléonore, die gerade in der Nähe war, ihn abholen kam und sie gemeinsam auf die Ankunft des kleinen Stars warteten; weil die überaus gutgelaunte Eléonore der unglücklichen und faszinierten Elisa tausend Freundlichkeiten erwies und weil Sébastiens »Kollegen« einer nach dem anderen kamen, um sich Eléonore vorstellen zu lassen – sie saß auf Sébastiens Schreibtisch, eins ihrer langen Beine berührte den Boden, und nahm gleichgültig die Huldigungen entgegen. Eine Art von »gutem Ton«, von Anmut, von »Hofstil Louis XIV.« breitete sich in den weißgetünchten Büros aus, in denen die einzige Sorge bisher der Tüchtigkeit gegolten hatte und das einzige Zeichen des Respekts ein Klaps auf die Schulter war. Das hinderte den jungen Wolf nicht daran zu erscheinen, auf der Schwelle erstaunt, ein wenig erstarrt haltzumachen und Witterung zu nehmen. Sébastien bemerkte es und schloß daraus, daß er Instinkt hatte und daß seine physischen Reaktionen nicht völlig verschüttet waren. Bruno Raffet war wirklich sehr schön: er hatte einen hellen Teint, und manchmal schoß ihm wie einem sehr jungen Mann das Blut ins Gesicht, sein Haar war sehr blond – man hatte Lust zu sagen, sein Fell war sehr blond –, und seine Hände waren groß und ein bißchen schwer, aber man ahnte seltsamerweise voraus, daß sie mit vierzig fein und schlank sein würden, aus Berufsgründen. Er hatte außerdem im Weißen seines linken Auges einen kleinen blauen Fleck, der ihm mitunter den Ausdruck eines jagenden Tiers verlieh, als sei ihm beim Lauern vor Aufmerksamkeit ein Blutgefäß geplatzt; dieser strebsame junge Mann war ein richtiges Raubtier geworden. Er erkundigte sich höflich nach Robert Bessy und drückte Sébastien mit neugieriger Miene die Hand. Aber erst vor Eléonore zögerte er. Das war keins der Starlets, die Bessys Büro überschwemmten, es war auch nicht das, was man gegenwärtig eine Frau von Welt nennt (das heißt, eine reiche Frau, deren Reichtum man gelten läßt), das war auch keine Drehbuchautorin. Was konnte das sein? Und ihr Bruder, dieser große Tölpel mit dem zerstreuten Aussehen, der an diesem Ort so deplaciert wirkte, daß er sich plötzlich fragte, ob sich der liebe Robert in ihn verschossen hatte – half ihm auch nicht zu verstehen, was das sollte.

Bruno Raffet hatte zu Robert Bessy Beziehungen gehabt, die man üblicherweise als päderastisch bezeichnet, zu jener Zeit, als er Hunger und Durst hatte und ebenso großen Hunger und Durst nach Ruhm wie nach Sandwiches. Aber für ihn verband sich der Begriff der Päderastie einzig mit der Vorstellung von Bequemlichkeit. Wenn er bei einem Mann erwachte, dann war er sicher, daß er einen elektrischen Rasierapparat finden würde, einen Bademantel in seiner Größe und eine gewisse derbe oder gekünstelte Ausdrucksweise, die immer die gleiche blieb. Bei Frauen dagegen erwachte er mit einem Frühstückstablett auf den Knien, einer Spitzenserviette um das Kinn und bewundernden Zofen im Hintergrund, und er ging dort keineswegs weniger befriedigt fort, aber schlechter rasiert. Die Sexualität hatte also für Bruno Raffet bis dahin eine rein »hauswirtschaftliche« Seite. Er war dazu noch mit einigem Temperament begabt und selbst leicht zu befriedigen, hatte sich einen Kinderschlaf und ein recht heiteres Erwachen bewahrt und war so der Prototyp dieser Rasse, die bis dreißig hybrid bleibt, sich in einem Café wegen einer vollkommen gerechtfertigten Bemerkung totschlagen kann oder sich aus Spaß von einem alten Herrn oder einer alten Dame mit rosa Haaren totschlagen läßt. Als unsicheres Produkt einer unsicheren Epoche besaß er nur eine Sicherheit: daß das Geld, das er in seine Tasche steckte, zugleich ersehnt, gestohlen und auf jeden Fall seins war. Als er sich an der Mauer der Unentgeltlichkeit, Eléonores Augen, Eléonores Benehmen stieß, war er ebenso überrascht wie Christoph Columbus, als er in Nordamerika auf die guten Wilden stieß. Er war noch jung genug oder verletzlich genug, um darüber zu staunen, und so begriff Sébastien, daß er leiden würde. Es gibt nichts Erschreckenderes für einen jungen Wolf, als auf die unnahbare und zärtliche Geiß des Monsieur Seguin zu stoßen – aber wohlverstanden, eines Monsieur Seguin 1972. Er wußte schon im voraus, daß Eléonore, selbst wenn es ihm gelänge zuzubeißen, nicht meckern würde und ihm das Stück, das er von ihr davontrüge, einen merkwürdigen und sicher unersetzlichen Geschmack im Munde hinterlassen würde. All das stand schon, als er sie begrüßte, zwischen ihnen fest, aber all das wurde nur von Sébastien bewußt wahrgenommen. Für Eléonore konnte das nur noch ein kleines Stück Wild mehr sein, aber was sie zuerst an ihm bemerkte und was sie in diese Affäre hineinzog, war dieser winzige blaue Fleck und der leichte weiße Hornhautfleck auf dem Auge. Sie unterstellte ihm deswegen den liebevollen und ungeschickten Charakter eines Hundes aus ihrer Kindheit. Nicht aus Altersgründen, sondern aufgrund diverser Erfahrungen zog Eléonore jetzt die Hunde den Wölfen vor. Und über diesem doppelten animalo-sentimentalo-intellektuellen Mißverständnis schürzte sich der Knoten der Handlung. Sébastien thronte, um dieses Bestiarium zu beschließen, wie eine große Eule hinter seinem Schreibtisch und schien sich vorzunehmen, über ihre Tage und Nächte zu wachen.

Keiner meiner Helden nimmt Rauschgift. Wie bin ich doch altmodisch. Aber genauer besehen ist es absolut komisch, daß in unserer Epoche, in der alle Tabus, die großen Tabus gebrochen sind, in der die Sexualität – und ihre Folgen – eine deklarierbare Einkommensquelle ist, in der Betrug, Diebstahl und Unredlichkeit fast zu Salonscherzen geworden sind, sich die Leute nur wegen einer einzigen Sache auf die Finger klopfen: der Droge. Sie schreien einem natürlich zu, daß der Alkohol, der Tabak ähnlich, ja, sogar schlimmer sei. Diesmal würde ich mich der Meinung der Autoritäten anschließen, denn wenn man dieses Milieu ein wenig kennt, dann ist einem klar, daß von hunderttausend nur einer der Droge entkommt und um welchen Preis und unter welchen Verwüstungen! Die Bilder von Epinal, die man uns dazu bietet, zeigen es deutlich – und die Bilder von Epinal haben in ihrer Naivität mehr Wahres an sich als die abstrakten Überlegungen. Zwischen einem fröhlichen Säufer in einer Kneipe, fett, schwankend und abstoßend, sicher, aber, wie man sagt, mit erleuchtetem Gesicht – ein anderes Bild von Epinal –, und dem mageren jungen Mann, allein in einem Zimmer mit zitternden Händen, die Injektionsnadel in der hüpfenden Vene, liegt eine ganze Welt, diese Welt ist die Abwesenheit »der anderen«: der Alkoholiker betrinkt sich offen, und der Drogensüchtige versteckt sich. Es liegt mir übrigens nicht daran, das Loblied auf den Alkohol zu singen und die Droge im Namen irgendeiner Moral anzugreifen. Ich beschäftige mich nur mit der heiteren oder traurigen Seite dieser Sache. Außerdem ist nicht die Unterscheidung das Wesentliche, sondern das grausame und offensichtliche Faktum, daß heutzutage jedes menschliche Wesen, sei es intelligent oder dumm, sensibel oder stumpf, lebendig oder schwach, im allgemeinen Opfer eines dieser drei Diktatoren ist: des Alkohols, der Droge oder der Pharmazie (der Beruhigungstabletten). Als ob das Leben nur eine lange, seifige Straße sei, auf der man mit voller Geschwindigkeit auf einen schwarzen und unbekannten Tunnel zurutschte und auf der man verzweifelt versucht, seine Steigeisen einzuschlagen, die jede auf ihre Weise kaputtmachen, ob ihre Namen nun Whisky sind oder Librium oder Heroin. Und dabei genau zu wissen, daß dieses letzte Steigeisen, das Heroin, schneller als die anderen ersetzt werden muß und weniger solide ist. Abwesenheit Gottes, Umweltverpestung, Mangel an Idealen oder Mangel an Zeit, die Beziehung Männer – Frauen, falsche Bequemlichkeit, juppheidi, juppheida ... das Deutungsliedchen, das man uns vorsingt, ist recht nett anzuhören und in seiner Monotonie fast beruhigend. Aber warum dann ihr, ich, mich, mir, wir, sie – eine so angsterfüllte Deklination –, ob wir nun zwanzig oder fünfzig Jahre alt sind, ob wir reich oder arm sind (und daß man mir ja nicht von den Bauern redet: in der Provinz hat sich der Absatz an Beruhigungsmitteln in zwei Jahren verzehnfacht, und das in den ruhigsten Provinzen), warum erleben wir immer wieder, in jedem beliebigen Moment, daß unsere Hand sich nicht nach unserem Nächsten ausstreckt, sondern nach einem Röhrchen, einem Glas oder einer Flasche? Nicht die Multiplikation der Angst beunruhigt mich: mir scheint, daß es die immer gegeben hat und daß die schönsten und glücklichsten und gelehrtesten Griechen sich am schönsten Meer der Welt in der schönsten Epoche ihres schönen Landes vor Entsetzen die Haare ausreißen mußten, manchmal mit allen Vieren im Sand, und sich die Nägel abnagten. Was mich beunruhigt ist, daß ihnen heutzutage ein verständnisvoller Arzt, eine Verschreibung und eines der sechstausend oder zehntausend Röhrchen mit Tranquilizern genügt, um sich in zehn Minuten zu beruhigen. Was mich vor allem beunruhigt, ist der Gedanke, daß sie sich nicht einmal mehr im Sand wälzen würden: das Equanil steckte ja in ihrer Toga . . .

Eléonore und der junge Mann tanzten in einer Nachtbar . . .

Katastrophe! Was habe ich gesagt? Schon bin ich wieder in die kleine Welt der Sagan und der Nachtbars zurückgefallen . . . Es ist für mich, die ich Zeitungen lese, gegenwärtig spannend zu sehen, an welchem Punkt ein Autor, ob er sich nun Troyat nennt oder Jardin oder wie auch immer, wenn er seine Figuren in eine Nachtbar eintreten läßt, sofort meinen hübschen Namen heraufbeschwört. Es könnte so scheinen, als sei ich die Hélène Martini der Literatur geworden. Dem unglücklichen Autor nun, der die ungeheuerliche Dreistigkeit besäße, den Zauber eines Sportwagens zu preisen, dem wünsche ich alles Gute . . . Drei Viertel aller Kritiker sind entsetzlich scheinheilig. Denn was gibt es Schöneres, als in einem schönen offenen Wagen, der wie ein gezähmter Tiger zu deinen Füßen schnurrt, durch die Sonne zu fahren? Und was gibt es Schöneres, als zu wissen, daß einen am Ende des Golfs ein eisgekühlter Whisky bei Leuten erwartet, die ebenso heiter sind wie man selbst und ebenso frei von materiellen Sorgen? Was gibt es endlich Normaleres, als daß man nach einem lustigen Ort sucht, und den auch findet, ohne unmittelbare Schwierigkeiten. Ja, was für Heuchler, diese Leute! Das Geld ist niemals durch die Art vergiftet, in der man es ausgibt oder aus dem Fenster wirft (wenn jemand, den man bevorzugt, darunter vorbeigeht). Kurz, durch die Art, in der man es zu etwas Glitzerndem, Wunderlichem, Lächerlichem und Natürlichem macht: nämlich liquide. Am häufigsten ist das Geld durch die Art vergiftet, auf die man es verdient und vor allem aufbewahrt. Es würde mich sehr amüsieren, wenn diese lachhaften Demagogen denen das Gegenteil sagen, die die Wahrheit kennen: würden die Leute, die zweiter Klasse oder im Wohnwagen reisen, nicht tausendmal lieber in der Villa absteigen, von der ich geredet habe, mit ihren Eiswürfeln und Mimosen? Sie sind dort nur nicht eingeladen, aus Gründen, die die Gerechtigkeit verwirft, die aber bewirken, daß sie es niemals ertragen werden, wenn man ihnen begeistert erzählt, sie seien die Gerechten in dem Ganzen, und die Glücklichen.

Also, Eléonore tanzte in dieser Nachtbar mit dem jungen blonden Mann, dem das größte Geschick verheißen war: der Ruhm, die Mühsal, das Alter und die Vergessenheit. Dieses großartige Geschick, bei dem man seinem Gesicht in Tageszeitungen begegnet, die man verachtet – zumindest am Anfang – und denen man später tödlich böse ist, weil man nicht mehr darin erscheint. Die Schauspieler sind ein wenig so und oft auch die Schriftsteller, die Maler, die Cineasten, alle Leute, die das sind, was man einen »Plakatkopf« nennt, die aber, wenn man mir dieses Wort gestattet, mehr von einem Plakat haben als von einem Kopf.

Eléonore tanzte also mit Bruno, und ihre Bewegungen trieben sie über die Tanzfläche, und die Musik glitt über sie hinweg, trug sie fort, und Brunos sichtbares Verlangen gepaart mit Eléonores offenbarer Gleichgültigkeit gab ihnen Schritte ein, die sie anders niemals zusammen gefunden hätten. Es gefiel ihr sehr, vor ihm zurückzuweichen, und ihr gefielen seine harten Beine an ihren und dieses leicht benommene Gesicht, das nur eines sagte: »Ich habe Lust nach Ihnen.« Ein bißchen entfernter als das – ein »das«, das sie gewohnt war – hörte sie den erschreckenden Satz: »Ich übernehme keine Verantwortung.« Sie lächelte, als er ihr vorschlug, unten ein Glas zu trinken, weg vom Lärm, weg von Sébastien, der mit weiß Gott wem schwatzte. Die Garderobenfrau war eine Freundin von Bruno, er gab ihr beim Hinuntersteigen ein Zeichen, das sie kannte, und betrat mit Eléonore die Telefonzelle, mit der einen Hand hielt er sie an der Schulter, mit der anderen an der Taille. Er hatte ein bißchen zuviel getrunken und wußte nicht mehr so recht, wer sie war und was er von ihr wollte, vor allem nach diesem für seinen Geschmack zu eleganten, zu zwanglosen, zu heiteren Abendessen, diesem Abendessen mit Leuten, für die das Leben und die Lebensfreude eine verschlissene Gewohnheit war. Diese Frau, er wollte sie schockieren und sie zeichnen. Aber als er sie an sich zog, umarmte sie leise lachend seinen schweißnassen Hals und legte gleichzeitig mit ihm die Hände an seinen Gürtel. Eléonores Augen glänzten einen Augenblick lang in der Dunkelheit, bevor sie ihre zu langen Lider schloß, und dann ließen sie sich gleiten, ließen sich versinken in einem Universum von beiseitegeschobenen Kleidern, sanften Händen, zärtlichen Gesten, und all das vollzog sich mit einer Art Gewandtheit, die ihn erstaunte, weil ihr jeder Zynismus fehlte und er sie bis dahin nicht gekannt hatte. Später erwachte er an ihrer Schulter, die Augen geschlossen, oder vielmehr die Augen vor Lust zusammengeschmiedet (wie man eine Eule an einen Pfahl schmiedet), und er staunte über ihren frischen Mund. Eléonore betrachtete dieses wildgewordene Geißlein und sagte sich, daß sie schon lange nicht mehr ein solches Risiko auf sich genommen hatte. Sie wußte nichts von der Komplizenschaft der Garderobenfrau, und sie hatte Skandale immer verabscheut. Aber man mußte diesen Jungen besänftigen, und sie wußte, daß es nur ein Mittel gab, jemanden zu beruhigen, das war die gemeinsame Lust. Nach der Liebe ist es sehr einfach mit den Leuten: eine Hand auf einem Arm oder einer Hüfte, der Schläfer reckt sich, seufzt und schläft wieder ein. Man sollte nicht allein schlafen. Allein leben, zur Not ja, aber nicht allein schlafen. Sie wußte wohl, daß nicht das nackte Leben die Gefahr war, es konnte hart sein, natürlich, und manchmal langweilig – aber wenigstens zwang einen dieses Leben nicht zum Träumen, es sei denn, man ist in eine Leidenschaft verstrickt (und dann ist es ein oft grausamer, aber klarer Zweikampf, der mehr oder weniger von klaren Regeln beherrscht wird). Dagegen beunruhigten sie die wirren Träume viel mehr und das verstörte Erwachen, mit klopfendem Herzen, in der Morgendämmerung, das ihr vertraut war. Diese traurigen Morgendämmerungen, von denen Rimbaud sprach, den sie dank Sébastien gelesen hatte und den sie besser kannte als jeden anderen Dichter. Sie hatte keine Angst vor dem Sterben, denn Sterben ist nichts an sich, es ist nur ein letzter Weisheitszahn. Aber dem Tod selbst traute sie nicht. In ihren Träumen und mehr noch in ihren Vorstellungen sah Eléonore den unerbittlichen Tod in graue Spitzen gekleidet, einen Hut auf dem Kopf, mit einem herrischen Profil, das höflich wie jede wohlerzogene Person über Dummheiten lachte, bei einem Essen, das sich hinzieht und von dem er liebenswürdig verschwinden will, aber einen mitnimmt. Daraus entsprang ihre absolute Revolte: der Tod war für sie wirklich jene ungnädige alte Dame, die kommt, um uns Gewalt anzutun, langsam bei einer Krankheit, abrupt bei einem Unfall, aber immer mit der Absicht zu vergewaltigen. Es gab für sie keinen heroischen Tod. Keiner kann gut, nicht einmal erleichtert sterben. Man klammert sich an alles, selbst an seine Qualen, sogar die Leute, die von einem »langen, schweren Leiden« befallen sind, wie die Zeitungen sagen. (Merkwürdig, in der Presse sagt man so leicht: »Erektion, Becken, Hepatitis, Blase«, aber niemals »Krebs«.) Diese falsche Scham ist ein bißchen ekelerregend. Ah, doch, Verzeihung, man kann vom Lungenkrebs reden: das ist der Tabak. Und nun muß es endlich gesagt sein, Eléonore, die schöne Eléonore, die gleichgültige Eléonore, die gleich der Princesse d'Aquitaine, von der sie den Vornamen hatte, entrückte Eléonore, erkannte in diesem fremden jungen Mann, dessen Beruf, dessen Fotos, dessen Freuden und Sorgen sie von Anfang an verachtet hatte, sie erkannte in ihm etwas so Wildes, so Verzweifeltes, so Erschrockenes, daß sie völlig verwirrt war. Es gibt Leute, die wie er schon verletzt sind, bevor sie die Schläge empfangen haben und obwohl sie alle Trümpfe in der Hand halten – und da muß man, glaube ich, auf Freud zurückgehen, auf ihre kleinen Mamas, die ihnen nicht genug Zuneigung entgegenbrachten, auf ihre niederträchtigen Papas, die mit ihren kleinen Mamas schliefen, und auf sie selbst, wie sie in der Dunkelheit mit aufgerissenen Augen die Geräusche aus dem Ehebett hörten, kurz, auf diese ganze Folklore, die manchmal richtig ist, aber meistens langweilig und auf jeden Fall erniedrigend. Wenn ich mit fünfzehn Jahren nicht zugestanden hätte, daß sich meine Eltern auch körperlich lieben, dann wäre ich nicht nur ein Schwachkopf gewesen, sondern im Nachhinein auch undankbar.

Ich fange an, alles durcheinander zu werfen, Eléonore und mich, ihr Leben und meins, und das ist richtig so, denn es ist meine Absicht, wie der getreue Leser sehen wird, wenn er ans Ende dieses bizarroiden Textes gelangt. Ich lasse also Eléonore mit etwas zitternden Knien am Hals eines Jungen, den sie kaum kennt und dessen Triebhaftigkeit sie schon bewundert, in dieser Telefonzelle. Sie wird sehr schnell mit ihm schlafen, nun, da sie sein Gewicht, seinen Geruch, seinen Atem kennt. Eléonore hat niemals etwas mit einer reifen Frau – dem, was man als reife Frau bezeichnet – zu tun gehabt. Für sie sind die Männer ungeschickt, anziehend, unbeständig, einfältig oder rührend. Sie verachtet die Emanzipationsbewegung. Gleiche Arbeit, gleicher Lohn, einverstanden. Natürlich, weil sie sowieso nicht arbeitet. All das langweilt sie. Und dann schlafen die Männer gut, sie schlafen wie Hunde oder wie Igel, ein bißchen zusammengerollt, oder wie imposante Löwen, großzügig ausgestreckt und schnarchend, aber wenn man sie gern hat immer mit diesen nonchalanten Besitzergesten, mit denen sie einem den Ellbogen auf den Magen legen und einen am Schlafen hindern. Und wir armen Frauen liegen mit offenen Augen im Dunkeln und ertragen, ohne zu murren, diese ach so vertraute und ach so diktatorische Last. O ja, das Bein, das stundenlang auf deinem liegt, und die Ameisen, die dann darin herumkribbeln, o ja, es lebe die Emanzipation der Frau! Nur manchmal kommt eine verlorene, eine nackte Hand, wie Aragon sagen würde, zu uns und klammert sich, kindlich oder zärtlich, an unsere. Die Spiele der Liebe sind alle gleich, ob sie nun knabenhaft, kindlich, sexuell, zärtlich, sadistisch, erotisch oder geflüstert sind. Man muß recht verstehen, man muß vor allem sich verstehen: im Bett, am hellen Tag, in der Leidenschaft, oder überhaupt nicht, in der Dunkelheit, in der Sonne, in der Verzweiflung oder bei Tisch. Sonst ist alles hin. All das. Und das bißchen, das uns noch zu leben bleibt, lebendig zu leben, das heißt, noch zu gefallen, und das bißchen, das uns noch zu denken bleibt (so zu tun als ob) in diesem idiotischen und grenzenlosen Gequake, zu dem das alltägliche, unvermeidliche, unentscheidbare und unannehmbare Leben für alle gutveranlagten Menschen geworden ist, dieses bißchen, man muß vor allem daran denken, es zu teilen. Manchmal ersehne ich sogar, ja, ich ersehne die Ankunft jenes stahlgrauen Flugzeugs, dieses unerwartete und etwas zu laute Surren, die erstaunten und dem Lärm zugewandten Gesichter und das schwarze, kaum sichtbare Paket, das aus diesem Flugzeug stürzt. Ich ersehne allmählich das Bersten, das Zerreißen des Himmels, unserer Augen, unseres Trommelfells und sogar jene schändliche Brandwunde und jenen primitiven Schrei, der sich in unserer Epoche des technischen Fortschritts grotesk ausnimmt und der unausweichlich lauten muß: »Mama!« Das einzige, wovor ich Angst hätte, sollte dieses Grauen uns zustoßen, das wäre, allein zu sein in einem leeren Haus. Sterben ja, aber sterben mit der Nase am Hals eines anderen, während die Erde birst oder auf immer verfällt. Ich glaube, mich würde ein Gefühl des Stolzes, des Wahnsinns und der Poesie erfüllen . . . die letzte und einzige Gelegenheit zu wissen, daß es in mir eine Wirbelsäule gibt, eine Herausforderung, eine Leidenschaft für die anderen oder die Liebe, oder für was auch immer, und daß Gott nichts dazu konnte . . .

Ich träume, ich träume, ich fasele und dann verflixt! Ich habe heute einen etwas lyrischen Abend nach zwei Tagen Paris mit vernünftigen, praktischen und im Leben so wohl etablierten Leuten, daß sie mit Höchstgeschwindigkeit daran sterben werden, und die auch noch, wie entsetzlich, wissen, was ihnen zustößt. Für sie gibt es einfach keine Possen. Alle Dichter waren Nachtschwärmer, Alkoholiker und Geistesgestörte. Wir sollten uns wirklich Shell-Aktien und Waschmaschinen kaufen, um wohlangesehen zu sein und gewiß in hohem Alter zu sterben. Behaglich eingebettet im welken Schoß unseres Alters. O nein! Es lebe das Leben der Nachtbars, und es lebe die traurige oder fröhliche Einsamkeit derer, die sich in ihnen drängen! Es lebe die falsche oder wahre Wärme einer falschen oder wahren Freundschaft, die sich dort entspinnt! Es lebe die falsche Zärtlichkeit der Begegnungen, und es lebe endlich, was alle Welt verlangsamt erlebt und wir, die Nächtlichen, im Galopp, im Zeitraffer: die Entdeckung eines Gesichts, die verrückte Liaison, die schwärmerische Freundschaft, der Pakt mit dem Alkohol, der den Schläfen ersetzt, was der

Pakt des Blutes für die Fäuste war! Wir sind keine guten Indianer mehr. Und was dann? Wir sind erschöpfte Europäer. Deswegen, um voll und ganz und geradeswegs zu meinen Schafen, meinen Lämmchen, meinen Tigern, oder genauer meiner Tigerin Eléonore zurückzukehren, erlebte sie an jenem Abend eine Sekunde der Überraschung vor der Verwirrung und dem Willen, diese Verwirrung zu verbergen, den dieses von Grund auf schlecht erzogene Kind zeigte, das mit achtundzwanzig Jahren die Hoffnung Nr. 1 des französischen Films geworden war, Bruno Raffet.

März 1972

In diesem Zug, zwischen Deauville und Paris, sehe ich durchs Fenster eine friedliche Ziege, die einsam am Ufer eines glitzernden Wasserlaufes buchstäblich sitzt. Weiter entfernt drei Männer mit nackten Oberkörpern, die das Unkraut abbrennen, zwei porzellanweiß und der andere bronzefarben und sehr schön (und wenn ihr Feuer auch von der bleichen Sonne verfinstert wird, so brennt es doch um so klarer, ein solch blutarmes Feuer ...) Ts ts ts, welch ein hübscher französischer Aufsatz! Ich hätte gewünscht, mein Leben wäre ein langer und klassischer französischer Aufsatz: durchgehend Zitate von Proust, während der Ferien von Chateaubriand, mit achtzehn Jahren von Rimbaud, mit fünfundzwanzig von Sartre und mit dreißig von Scott Fitzgerald. Ich lasse sicherlich zu viel aus, und zu absichtlich. Mein Leben ist von nun an ein beschleunigter und verpfuschter Aufsatz, wie der einer schlechten Schülerin, einer, die aus ihren Zitaten nichts machen konnte, nur hin und wieder ihr eigenes Glück, ihren eigenen Stolz und ihr Vergnügen. Wirklich, ich lebe so schnell, daß ich schon die Monate oder die Jahre nicht mehr unterscheide und daß mir die langsamen Gesten und die erloschenen Zigaretten dieser Bahndammarbeiter als Gipfel des Luxus erscheinen. In diesem Augenblick lebe ich im Grunde auch langsam. Aber ich habe den Eindruck, daß sie sich an jeden Moment erinnern, während für mich diese sechs Monate, die ich zum Arbeiten auf dem Land verbracht habe, sich in einen Walzer von Momenten verwandeln, der von schwarzen Bäumen gesäumt ist, dann von dunklem Grün, dann von Hellgrün, erst von unauffälligen und fröstelnden Vögeln am beigefarbenen Himmel, dann von schwatzhaften und eitlen Vögeln an einem Himmel, der rot ist in der ersten Frühlingssonne. Man wird meinen, daß ich für diese Jahreszeiten recht empfänglich bin (vgl. in diesem Buch: »Oh, welch ein Herbst, oh, welch ein Frühling«), aber das nur, weil es 1971 auf dieser Eisbahn der Zeit keinen Winter zwischen den beiden Jahreszeiten gegeben hat.

Eléonore, die auf dem Bauch in diesem fremden Bett lag und wußte, daß ihr Rücken gut gebaut, goldbraun und glatt unter der Hand war, betrachtete einen nach dem anderen die bizarren Gegenstände, die auf dem Fußboden des Zimmers umherlagen. Da waren mehr oder weniger afrikanische (eher weniger als mehr) holzgeschnitzte Köpfe, da gab's Keramik, da war etwas, was sie als Sinn für Geschmack – genauer als eine Vorstellung von Geschmack – bei diesem jungen Mann feststellte, der freilich keinen Geschmack besaß. Er hatte Instinkt und nicht im geringsten Geschmack. Er gehörte zu jener Sorte von Männern, die ziemlich direkt auf jene Wesen zugehen, die sie brauchen, oder von denen sie gebraucht werden, oder die sie schlicht und einfach anziehen. Vor Gegenständen stehen sie dumm da, verlangen Altersangaben, Details, Daten, die sie niemals von einem lebenden Wesen verlangen würden, weil sie (schon aus Instinkt) deren ganzen Lebenslauf kennen. Dieses vollkommene Fehlen von Differenzierung in den zweifellos sehr kostspieligen Erwerbungen, die er gemacht hatte, verschönerte für Eléonore, die jenen gewissen Ruf von päderastischem Ästhetizismus, der Bruno Raffet vorausging, ziemlich langweilig fand – denn nichts deprimierte sie mehr, als der Sammeltrieb bei einem sehr jungen Mann –, in einzigartiger Weise das Leben dieses neuen Liebhabers. Sie sah dieser falsch exzentrischen Wohnung sehr wohl an, daß nicht der gute Geschmack eines alten Wohltäters alles angeordnet hatte, sondern vielmehr der schlechte Geschmack dieses jungen Mannes, der alles um der Bewunderung einer bösartigen oder harmlosen Masse willen zusammengewürfelt hatte. Sie mußte darüber lachen, aber es war ein sanftes Lachen, voller Mitleid und beinahe zärtlich. Er schlief dicht neben ihr, den Kopf zwischen den Schultern, im Schlaf genauso wenig entspannt wie im Leben, und einen Augenblick lang bedauerte sie ihn aus tiefstem Herzen, weil er dieses unerbittliche Schicksal eines Raubtiers hatte. Er würde eines Tages, es sei denn, er versänke in dem üblichen Drumherum, in den Schleiern des Alkoholismus, der Droge oder Gott weiß was sonst, er würde eines Tages einer dieser Hundemenschen sein, die darauf dressiert sind, den Leicas, den Fernsehkameras an die Schnauze zu springen, einer dieser Hundemenschen, die sich wie ihre Arbeitsgenossinnen schon beim Gedanken an eine Photographie auf der ersten Seite in einer gewissen Art auf den Rücken legen und mit den Beinen strampeln würden. Im übrigen war er schön im Morgenlicht, umgeben von seinen Fetischen aus einer Antiquitäten-Talmi-Fabrik, um so schöner, als dieses alte Holz gefälscht und seine junge Haut echt war, um so schöner, als seine intellektuelle, lächerliche und ach so erkünstelte Bemühung, echtes Holz zu erwischen, mißlungen war. In zehn Jahren würde er entweder arm sein oder ewig zu kurz gekommen oder vielleicht auch kultiviert. Und er brauchte wirklich nur auf das zu zählen, wofür er zugleich am allerwenigsten konnte: seine Haut, den Glanz seiner Augen, seine amourösen Fähigkeiten und auf seine niedrigsten Eigenschaften: seinen Ehrgeiz, seine Skrupellosigkeit und seinen Geschäftssinn, um, wenn alles gut ging, von einem dieser Stadien zum nächsten fortzuschreiten – wobei jenes letzte als ein privilegiertes gilt. Eléonore, der aus bekannten Gründen all dies gleichgültig war, da sie ja alles, Bildung, Eleganz und vor allem Zweckfreiheit von Anfang an mitbekommen hatte, wußte auch, daß all dies nur einer Rasse angehört, nicht einer adligen im heraldischen Sinne des Wortes, sondern eher jenen Leuten aus irgendeinem beliebigen Milieu, die, um es trivial zu sagen, jederzeit bereit sind, ihre Taschen zu leeren; und sie spürte, wie eine bizarre Zärtlichkeit für diesen zu reich beschenkten Unbekannten sie erfüllte. Sie dachte nicht eine Sekunde daran, daß sie vielleicht eines Tages durch ihn leiden könnte. Er hatte zu viele Trümpfe in der Hand, sie hatte nicht mehr genug, er hielt zu sehr an denen fest, die er hatte, sie hielt nicht mehr an denen fest, die ihr übrigblieben. In Liebesbeziehungen muß man sehr wohl bedenken, daß der einzige unzerstörbare Panzer, die einzige Kanone mit sehr großer Reichweite, die einzige unausweichliche Mine und darüber hinaus die einzige Bombe, die man dem anderen nicht an den Kopf werfen kann und die zugleich den Kampf fürchterlich verlängert, die Gleichgültigkeit ist. Sie hatte hinter sich einen ausreichenden Vorrat, um das lockere Erdreich der Felder zu verwüsten, nämlich die Brust dieses Jungen und seine Lenden, die mit den Haaren einer goldenen Ernte besät waren; sie hatte genügend verbrauchte Kanonen, um genau auf dieses Herz zu zielen, das im Dunklen schlug, dicht bei ihrem. Die Bombe, die sie, wie sie hoffte, niemals gebrauchen würde, wäre der einfache kleine und jetzt so abgenutzte Satz, ihr persönliches Gefühls-Hiroshima: »Sie langweilen mich.« Und dieser besiegte Sieger in seinem tiefen Kinderschlaf mit den blonden Haaren und den Händen, die er in einer instinktiven Verteidigungsgeste über den Wangen geschlossen hielt, zu der vielleicht sie ihn bewegte oder ein früheres Leben, das sie nicht kannte, flößte ihr eine Art zarter Melancholie in eigener Sache ein. Es war Zeit, daß sie Sébastien wiedersah, ihren Bruder, der so fern und so nah war, wie man es nur träumen kann, diesen Unfähigen zu allem Fähigen, diesen so weisen tollen Verrückten, diesen so zärtlichen Gleichgültigen, diesen so sicheren Labilen, dieses lebende Paradox, den einzigen Menschen, nicht den sie geliebt hatte, sondern der sie faszinierte. Sie ließ den Schläfer zwischen seinen stummen, afrikanischen und bisweilen aus zu alter Bosheit auf diesem zu neuen Teppichboden erschreckenden Statuen, sie ließ den schönen jungen Mann schlafen und wußte, daß er sehr bald aufwachen würde, und gleich einer Heldin von Cocteau rief sie mit dunkler Stimme ein Taxi an, mit einer Stimme, mit der man den Beistand eines Priesters oder eines netten Nichtsnutzes, der einen früher einmal geliebt hatte, anruft. Nachdem sie ihre romantische Stimme im Telefonhörer gelassen hatte, stieg sie die Treppen hinunter und pfiff dabei eine alte Melodie von Offenbach, eine Melodie, die nicht einmal ihrer Stimmung entsprach, aber von der sie plötzlich besessen war, weil sie zu dem Geräusch ihrer Schritte auf der Treppe paßte. Wie Sébastien einige Monate zuvor ging sie ein paar Schritte in dem morgendlich blinden und blauen Paris und dachte wie er, daß sie unversehrt sei, sie vergaß aber dabei, sich zu sagen, daß sie es, gerade weil sie sich die Frage stellte, nicht mehr war.

In dieser Morgendämmerung also, dieser Morgendämmerung, die alles andere als bleich war, denn der Herbst war in besonderer Weise triumphierend, mußte diesmal Sébastien warten. Er hatte genau gesehen, wie Eléonore sich einfangen ließ, oder genauer, wie sie den jungen Mann eingefangen hatte. Daraufhin hatte er zuerst gelacht und anschließend nachgedacht; und endlich war er darüber, daß er in dieser Wohnung wie ein Waisenkind allein war, so traurig geworden, daß sich ihm die Eingeweide zusammenkrampften. So etwas war ihm noch nie passiert. Ohne daß es ihm bewußt wurde, hatte er sich seit sechs Monaten daran gewöhnt, daß er derjenige war, der ausging, und die Tatsache, daß er nun derjenige war, der zurückblieb, oder vielmehr derjenige, der wartete, war ihm äußerst schmerzlich, wie eine Anomalie. Er nahm einen Bleistift und machte sich, um sich zu zerstreuen, daran, die verschiedenen Arten von Abwesenheit, die er kannte, aufzuschreiben. (Sébastien hatte, wenn es ihm zu schlecht oder ein bißchen schlecht ging, die gesunde Angewohnheit, sich zu erklären, weshalb, und es auf einen Zettel zu schreiben.) Er stellte also eine genaue Übersicht über das her, was man Abwesenheiten nennt. Er schrieb auf:

1. Die Abwesenheit, bei der man »X« nicht liebt, oder bei der »X« auch nicht kommt (vgl. Proust). Und dabei kann die Phantasie anfangen, umherzuschweifen und unvorhersehbare Konsequenzen nach sich ziehen, welche von der plötzlichen Leidenschaft bis zur völligen Gleichgültigkeit reichen.

2. Die Abwesenheit, bei der man »X« liebt und weiß, daß »X« einen liebt, und bei der »X« nicht kommt. In diesem Falle wird die Irre im Oberstübchen entfesselt: »Ist er tot, im Gefängnis, verunglückt, irgendwo?« Das ist, was man den wahren Seelenschrecken nennt.

3. Die Abwesenheit, bei der man weiß, daß man »X« liebt, sich aber der Gefühle von »X« nicht sicher ist. Diesmal ist es nicht Schrecken, sondern Entsetzen: »Wo ist er? Hat er es absichtlich getan? Spielt er vielleicht mit mir? Und was?«

Diese Aufzählung, die er sehr sachgemäß fand, tröstete Sébastien ein wenig, bevor er sich vollständig bekleidet auf das Zufallsbett legte, denn aus undurchsichtigen Gründen wäre er nicht gern entkleidet gewesen, wenn seine Schwester nach Hause kam. Seine Dauerrolle wahrscheinlich. Er versuchte, das Heulen der Einsamkeit nicht zu hören, das in ihm aufstieg, wenn er an das dachte, was das Wesen seines alltäglichen Lebens ausmachte: Nora Jedelman, der er nur noch Mitleidsbesuche abstattete; diese Arbeit, an die er nicht so, wie er sollte, glauben konnte; und nun auch noch diese physische Abwesenheit seines alter ego, Eléonore. Er mißbilligte nicht etwa die Vergnügungen, denen sich Eléonore gerade hingab, er stellte sie sich nicht einmal eine Sekunde lang vor – er wußte nur allzu gut, daß das Vergnügen nur in der Liebe besteht, jedenfalls das Vergnügen, das für ihn von Wert war, und er wußte auch allzu gut, daß es im Augenblick außer Frage stand, daß sie diesen Kleinen liebte – aber er hätte gewünscht, sie wäre da, sie würden ein letztes Glas miteinander teilen, sie würden sich etwas erzählen, sie würden diesen Abend kommentieren, kurz, daß er nicht allein wäre. Dieses Heulen, eher dieses Aufjaulen der Einsamkeit wurde schlimmer als störend, es wurde zu einer Obsession. Und es schien ihm, daß Gott selbst sich die Ohren hätte zuhalten müssen, aber es wäre für Gott schon längst Zeit gewesen, daß er sich die Ohren zuhielte, wenn er welche hätte. Zwischen den Schreien der Kinder und der Erwachsenen unter Bomben und unter Hunger, in diesem Jahrhundert oder in einem anderen, hätte dieser unglückliche und sadistische Alte einen schönen Krampf in den Armen bekommen. Ich hasse die Idee Gottes, gleichgültig welchen Gottes – ich bitte diejenigen, die daran glauben, um Verzeihung –, aber warum schließlich daran glauben? War Er wirklich notwendig? Und wenn, warum mußte Er sich zum Ausgleich allein notwendig machen? Und dennoch, ich schwöre es, ich war katholisch, ich sammelte Heiligenbildchen und sang sogar 1943 in einem Kloster neben anderen Liedern: »Näher, mein Gott, zu Dir« zur gleichen Zeit wie: »Führer, wir stehen zu dir«. Wenn ich darüber nachdenke, so war ich zwischen vier und zehn Jahren ein vorbildliches Kind, klug, gesund und fromm, und mampfte meine Steckrüben wie alle Welt und sang mit dem gleichen Eifer wie alle Kinder meines Alters Kirchenlieder. (Später freilich verhalf mir das Leben dazu, daß ich weniger gesund und weniger rein wurde, und die Steckrüben sind unauffindbar.) Nur gab es eine grausige Vision in einem Kino, in das man mich irrtümlicherweise führte, als ich klein war, auf dem Land, und sie entschied über die Geburt eines anderen in mir ... Ich gehe schnell darüber hinweg. Es war Dachau, seine Bulldozer, seine Leichen, all das, was mich jetzt jedesmal nötigt, bei der geringsten antisemitischen Äußerung vom Tisch aufzustehen, gewisse Formen der Konversation und selbst gewisse Zynismen nicht ertragen zu können. Und Gott weiß, daß die Zeit, mein Leben und die Leute, die ich gekannt habe, dazu beigetragen haben, in mir einen offenen Zynismus zu schaffen. Für mich ist es selbstverständlich – und ich schäme mich, es in einer Zeit zu sagen, in der alle Welt ihr »Wohlmeinen« ebenso auf dem Rockaufschlag zur Schau trägt wie das Schlechtmeinen –, es ist selbstverständlich, daß ich mich freudig (freudig, ich übertreibe, aber jedenfalls freiwillig) umbringen ließe, um gewisse Dinge nicht zu sagen, nicht zu tun oder nicht geschehen zu lassen. Es ist auch selbstverständlich, daß ich daraus nicht die geringste Selbstachtung für mich geschöpft habe, da ich ja mir selbst gegenüber niemals etwas anderes kultiviert habe als den höllischen und unaufhörlichen Hang zu gefallen. Niemals den, respektiert zu werden. Der Respekt ist mir vollkommen gleichgültig, und das trifft sich im übrigen gut, denn bei meinen Ferraris, mit bloßen Füßen gefahren, den Alkoholgläsern und meinem zügellosen Leben wäre es recht extravagant, wenn irgend jemand mich für respektabel halten würde, es sei denn, daß ihn mitunter ein Satz in einem meiner Bücher betroffen hätte und er sich daran erinnerte und es mir mitteilte. Aber dann kommt es mir immer so vor, als ob dieser Satz, dieses affektive Geschoß, von mir rein zufällig abgeschossen worden sei, wie von einem Gewehr, das um die Ecke schießt, und daß ich dafür so wenig verantwortlich bin wie für den Sommerwind. Ich glaube nicht, daß es für irgend jemand so wichtig ist, sich selbst einzuschätzen oder an sich selber zu denken wie an eine Einheit mit genauen besonderen Kennzeichen. Ich glaube nur, daß man sich nicht in eine verächtliche Lage versetzen soll (ich verstehe unter verächtlich ganz genau eine Lage, in der man sich selbst verachten könnte). Ich rede natürlich nicht von den anderen. Die Meinung der anderen ist in diesem Fall eine Art Schaum, so nichtig wie jener, der mit den

Felsen spielt, und nicht das höhlt einen aus. Was einen aushöhlt, ist die Welle: und die Welle ist der Reflex des tausendmal unvermittelt mit einem Spiegel konfrontierten Selbst, und dieser Reflex ist tausendmal reiner, tausendmal härter als jener, der sich allzuoft besänftigt im Blick jener sogenannten anderen zeigt. Sicherlich ist es vorgekommen, daß ich mich auf altruistische Art haßte, wenn ich so sagen darf, im allgemeinen, weil ich jemandem etwas Böses angetan hatte. Sicher ist es vorgekommen, daß ich auf dem Trockenen sitze, nach Atem ringe und die Luft des Glücks suche oder dessen, was die Engländer »self-satisfaction« nennen, wie ein Fisch, der Wasser sucht. Und dann? Die Wahrheit war immer nur ich, die ich mich manchmal dafür haßte, daß ich von der Morgendämmerung an existierte, genauso wie ich es war, die sich friedlich meines Lebens bewußt war, dem Hauch meines Atems und meiner eigenen Hand fern auf dem Bettlaken, in der nächsten Morgendämmerung. Aber jedenfalls allein.

Die Depression ist ein etwas zu modisches, aber nichtsdestoweniger faszinierendes Thema. So habe ich diesen Romanversuch begonnen mit einer Beschreibung dieses Zustands. Ich bin seitdem fünfzehn ähnlichen Fällen begegnet, und ich habe mich selbst nicht anders daraus gerettet als dank dieser bizarren Manie, Wörter, eines nach dem anderen, aneinanderzureihen, Wörter, die immer wieder plötzlich wie Blumen vor meinen Augen aufsprießen oder wie Echos in meinem Kopf. Und jedesmal, wenn ich ihr bei jemandem begegnete, dieser Krankheit, dieser Katastrophe – denn man sollte sich nicht darüber lustig machen, oder von Müßiggang und Sich-gehen-Lassen sprechen –, jedesmal beschwerte mich diese Krankheit mit Zärtlichkeit.

Übrigens, wenn man darüber nachdenkt, warum schreibt man denn, wenn nicht, um »anderen« zu erklären, daß sie ihr entgehen können, dieser Krankheit, oder sich jedenfalls von ihr erholen können? Der Sinn des Daseins, der absurde, naive Sinn des Daseins eines jeden Textes, sei es eines Romans oder eines Essays oder selbst einer Abhandlung, ist immer diese ausgestreckte Hand, dieses ungezügelte Verlangen, einfach zu beweisen, daß es etwas zu beweisen gibt. Es ist diese komische Art, beweisen zu wollen, daß es Kräfte gibt, Kraftströmungen, Schwächeströmungen; aber in dem Maße, wie alles formulierbar ist, ist es also relativ unanstößig. Die Dichter aber – sie sind mir am nächsten –, jene, die mit ihrem Leben, ihrem Sinn für Wörter und ihrer geistigen Gesundheit ihr Spiel treiben, nehmen vielleicht mehr Risiken auf sich als wir, die »Schriftsteller«. Es gehört eine ganz schöne Frechheit dazu, um schreiben zu können: »Die Erde ist blau wie eine Orange«, und es bedarf einer gigantischen Kühnheit, um schreiben zu können: »Die Morgendämmerungen sind bedrückend, jeder Mond ist grausam und jede

Sonne bitter.« Denn das heißt, mit dem Einzigen zu spielen, das uns, den Beamten der Feder gehört, mit den Wörtern, ihrem Sinn, und es heißt in gewisser Weise, bei Kriegsausbruch die Waffen von sich zu werfen oder zu beschließen, sie verkehrt herum zu tragen, während man mit schon geblendeten, halb erloschenen Augen darauf wartet, daß sie einem ins Gesicht springen. Gerade dies werfe ich den Leuten des Nouveau Roman vor. Sie spielen mit Blindschüssen, mit Handgranaten ohne Zündung und überlassen dem Leser die Mühe, selber zwischen den neutralen Wörtern nicht vorgezeichnete Personen zu erschaffen, und waschen sich ostentativ die Hände in Unschuld. Gott weiß, daß die Ellipse verführerisch ist. Ich weiß nicht, was für ein Vergnügen gewisse Personen dabei empfinden, wenn sie sie so häufig benutzen, aber es ist wahrhaftig ein klein wenig zu bequem, vielleicht sogar krankhaft, wenn man Leute über Dunkelheiten brüten läßt, die in nichts beweisen, daß sie ihren Autor selbst haben leiden lassen. Es lebe Balzac, der über seine Heldinnen weinte, und seine Tränen fielen in den Kaffee: Es lebe Proust, der in seiner Pedanterie keinem einzigen Nebengedanken Raum gibt . . .

Nach diesem kleinen Kurs in französischer Literatur kehre ich zu meinen Schweden zurück, oder genauer, zu meiner Schwedin, die mit ihren langen Beinen über das morgendliche Pariser Pflaster schreitet und, sie weiß nicht, wohin, zurückkehrt, zu ihrem »Zuhause«, ein Wort, das für sie keine Bedeutung hat, eher zu ihrem

»gemeinsamen Zuhause«, was bedeutet: zu ihrem Bruder. Ich weiß immer noch nicht, weshalb ich Eléonore in die Arme dieses kleinen Schlingels getrieben habe. (Wahrscheinlich fällt es mir schwer, die Konsequenzen dieser Peripetie vorauszusehen.) Vielleicht, weil ich gern meine Geschichten in die Länge ziehe oder weil mich eine an mir fremde Eifersucht allmählich in eine leichte Gereiztheit über ihre Integrität versetzt und über ihre Art, sich unter Verwendung einer unerbittlichen und überlegenen Technik in der Liebe zu behaupten, ähnlich der »Nahkampftechnik« bei Modesty Blaise. Man bewundert seine Helden und Heldinnen nicht, man beneidet sie noch nicht einmal, denn das wäre ein völlig masochistisches Unterfangen, und der Masochismus ist nicht meine Stärke. Noch meine Schwäche. Dennoch, Eléonore entzieht sich mir. Und es ist wahr: ich möchte, daß sie sich im Dreck wälzt, daß sie sich in einem Bett windet, schwitzt und sich die Nägel abnagt, ich möchte, daß sie stundenlang am Telefon darauf wartet, daß dieser kleine Bruno sie endlich anruft, aber ich sehe ehrlich gestanden noch nicht, wie ich es machen soll, um sie dahin zu bringen. Ihre Sinnlichkeit ist beherrscht, da sie sich alles erlaubt und die Einsamkeit durch die Gegenwart ihres Bruders neutralisiert. Und ihr Ehrgeiz ist gleich Null. Es wird noch soweit kommen, daß ich auf Bruno Raffets Seite stehe, denn wie er nun einmal ist, bleibt er verwundbar. Es war bei mir übrigens oft so, daß ich die mittelmäßigen Leute den sogenannten überlegenen vorziehe, einzig aufgrund jener Fatalität, durch die sie sich wie Glühwürmchen oder wie Nachtfalter an den vier Ecken des großen Lampenschirms, der das Leben sein kann, stoßen. Und meine verzweifelten Versuche, sie im Flug zu fangen, ohne ihnen weh zu tun, haben ebensowenig jemals zu einem großen Erfolg geführt wie meine grotesken Bemühungen, die Lampe rechtzeitig auszumachen. Und etwas später, sei es eine Stunde bei Insekten oder ein Jahr bei Menschen, fand ich sie wieder, wie sie im Innern dieses Lampenschirms klebten, ebenso gierig, sich zu berauschen, zu leiden, sich zu stoßen, wie in dem Moment, als ich versuchte, ihr unglückseliges Karussell aufzuhalten. Vielleicht sieht es so aus, als sei ich resigniert, aber ich bin es nicht, das sind die anderen: die Zeitungen, das Fernsehen. »Hört, hört, ihr guten Leute. Soundsoviel Prozent von euch werden bald bei einem Verkehrsunfall sterben, soundsoviel Prozent an Kehlkopfkrebs, soundsoviel Prozent an Alkoholismus, soundsoviel Prozent nach einem kümmerlichen Alter. Und das, laßt es euch gesagt sein, werden euch die Zeitungen vorausgesagt haben.« Ich für meinen Teil glaube nur, daß das Sprichwort falsch ist und daß Vorhersagen keineswegs Heilen bedeutet. Ich glaube das Gegenteil: »Hört, hört, ihr guten Leute, ich bin es, die es euch sagt, soundsoviel Prozent von euch werden eine große Liebe kennenlernen, soundsoviel Prozent von euch werden etwas von ihrem Leben verstehen, soundsoviel Prozent von euch werden imstande sein, jemandem zu helfen, soundsoviel Prozent werden sterben (und sicherlich werden hundert Prozent sterben), aber es wird darunter soundsoviel Prozent geben, denen der Blick und die Tränen eines anderen am Sterbebett beistehen.« Dies ist das Salz der Erde und dieses jämmerlichen Daseins. Nicht die Strände tauchen in den Traumkulissen auf, nicht der Club Méditerranée und nicht die Kameraden, sondern irgend etwas Zerbrechliches, Kostbares, das man heutzutage freiwillig verwüstet und das die Christen »Seele« nennen. (Die Atheisten übrigens auch, ohne diesen Begriff zu verwenden.) Und diese Seele werden wir, wenn wir nicht aufpassen, eines Tages außer Atem, um Gnade flehend und voller blauer Flecke vor uns wiederfinden. Und diese blauen Flecke werden wir vielleicht wohl verdient haben.

Wie die meisten von uns war Eléonore im Dunklen geboren, die Laken aus dem Bett ihrer Mutter über ihrem Kopf, und wie wir alle, diese ganze Bande von kleinen Käuzchen, die wir nun einmal sind, hatte sie versucht, sich daraus so spät wie möglich zu befreien. Da sie nicht arm war, hatte man ihr die Laken nicht in einem zu frühen Alter brutal vom Kopf gerissen, und sie hatte Muße genug, dem entgegenzuschlendern, was man Licht oder Leben nennt. Aber sie war niemals im vollen Licht angekommen. Lange vor dem Zeitpunkt, zu dem ihre Erscheinung und ihre inneren Qualitäten zur Hoffnung hätten Anlaß geben können, hatte sie begonnen, sich die Laken wieder über den Kopf zu ziehen und im Dunkel mit seinen Annehmlichkeiten zu versinken. Wirklich, ohne Sébastien hätte sie zum Leben nur Hautkontakte gehabt, die zugleich starr und zügellos wären und so weit wie möglich fern von jeder Rauheit und jeder harten Wahrheit, sei es der des Elends, der Leidenschaft oder der Gewalt. Dieser Träumerin mangelte es an Phantasie. Dadurch erklärte sich übrigens ihre Zärtlichkeit für Bücher und ihre Härte gegenüber ihren Liebhabern. Die Katzen liebten sie mehr als die Hunde. Sie erkannten in ihr jenes Unendliche, jene tote Wärme, jene Art glühenden und schlaffen Lebens, an der sie gemeinsam mit ihr teilhatten. Bruno Raffet, der keineswegs von dieser Rasse war, sondern im Gegenteil der immer hungrigen, unbefriedigten und gelegentlich wilden Rasse der Wölfe angehörte, war noch nicht alt genug, um das zu verstehen. Um diesen animalischen Vergleich ein für allemal zu beenden: wenn es irgendwo ein Feuer gegeben hätte, in dem ihre Charaktere auf den elementarsten Zustand reduziert worden wären, hätte Eléonore sich ihm schnurrend genähert, und Bruno wäre mit gefletschten Zähnen geflohen. Nun aber fuhren sie gemeinsam in einem offenen Wagen, elegant und schön wie zwei Bilder, zum Essen zu einem Gasthaus in der Nähe von Paris, und Bruno, der mit dieser Art von Frauen wenig Umgang gehabt hatte, nahm einen Stil an, der Eléonore hochgradig nervös machte. Er hatte dem Tankwart seine Schlüssel hingeworfen, übrigens freundlich, aber doch »hingeworfen«, er hatte jedem Reifen kennerische und freundschaftliche Fußtritte versetzt, er hatte mit einer verantwortlichen Miene gegen die verschiedenen Armaturen seines kleinen englischen Flitzers geklopft, er war sogar so weit gegangen, Eléonore zu empfehlen, sie möge ihre Zigaretten am Zigarettenanzünder entzünden. Nun, sie fand es unerhört, daß ein Mann nicht mitten auf der Autobahn anhielt, um ihr Feuer zu geben. Sie fand es unbegreiflich, daß man dem Tankwart oder auch irgendeinem anderen menschlichen Wesen seine Schlüssel zuwirft, statt sie ihm ruhig in die Hand zu geben. Sie fand diese Pilotenpantomime, die er in seiner Euphorie vor ihr aufführte, lächerlich; sie fragte sich wirklich fast, warum er nicht beim Anlassen »Hüh, Alterchen« gerufen hatte. Trotz des zu starken Windes, der Eléonores Make-up auflöste, hatte er sich zu alledem auch noch in den Kopf gesetzt, anregende Melodien oder schöne Musik in seinem Autoradio zu finden, wobei vorauszusehen war, daß man nichts mehr hören würde, sobald die hundertzwanzig Stundenkilometer überschritten wären. Das Dumme an einer gewissen Vulgarität (selbst wenn sie bei Bruno Raffet eher die Kindlichkeit hervorkehrte) ist, daß sie urplötzlich im Zusammenhang mit einem Besitzgegenstand hervortritt, an dessen Zauber man um jeden Preis jemand anders teilhaben lassen möchte, den das überhaupt nicht interessiert. Bruno ignorierte seine afrikanischen Masken, und Eléonores offensichtliche Gleichgültigkeit hatte ihn mit ihr verbunden, aber er liebte seinen Wagen, und in Eléonores Augen liebte er ihn schlecht. Sie hatte in ihrer Kindheit viele Pferde gehabt. Sie hatte niemals daran gedacht, ihnen den Kopf zu klopfen oder ihnen Zukker zu geben. Sie hatte einfach daran gedacht, ihr Maul zu schonen und ihnen bei den Gangarten zu helfen. Das war für sie das beste Lob ihrer Schönheit, ihrer Kraft und ihrer Gleichgültigkeit. Sie dachte nicht daran, zehn Jahre später wegen eines Armaturenbretts in Ekstase zu geraten. Daher setzte sie sich ziemlich schlecht gelaunt an den Tisch eines für ihren Geschmack schlecht besuchten Gasthauses, d. h. von Leuten besucht, die zu laut oder zu leise sprachen und die aus diesem unbedeutenden Ort einen Ort des Prestiges oder des Geheimnisses machten oder zu machen versuchten. Bruno, für den alles gut lief und der sich sogar großartig fand, wenn er eine Frau, die ihm nichts einbrachte, einen Tag nachdem er sie »gehabt« hatte, zum Essen einlud, Bruno, der sich ganz als der jugendliche Herr dieses Ortes, der Straße und seiner Beute fühlte, Bruno schnurrte. Er reichte ihr mit vornehmer Geste die Karte und nahm sogar eine geduldige Haltung an, das heißt etwas übertrieben, die eines Mannes, der weiß, daß Frauen lange brauchen, um zu wählen, da sie zugleich an ihren Geschmack und an ihre Linie denken. Seine Haltung war nicht allein für Eléonore bestimmt, sondern zugleich für alle Köpfe des Restaurants, die sofort den berühmten Bruno Raffet erkannt hatten, und er betrachtete seine Hände mit der Diskretion und dem nachsichtigen Lächeln, von dem weiter oben die Rede war. Daher war er erstaunt zu sehen, wie Eléonores graue und unbewegte Augen seine Kunststückchen genau verfolgten, und noch erstaunter, als sie ihm die Karte zurückgab, wie man einem Kind eine Pudelmütze reicht, bevor sie sich erhob und verschwand. Er hatte gerade noch soviel Zeit, seinen Stuhl zurückzustoßen, denn sein Manager hatte ihm gesagt, daß man das macht, und sich wieder hinzusetzen – und nahm in seiner Besitzereuphorie an, sie sei nur gegangen, sich die Haare zu kämmen. »Vielleicht ist ihr ein bißchen schlecht geworden, ich bin zu schnell gefahren, aber was soll man sonst mit 300 PS unter einer Motorhaube und auf dieser einzigartig leeren Autobahn anfangen? Von den Schwedinnen nimmt man doch an, daß ihnen nicht so leicht schlecht wird.« Nach Ablauf von zehn Minuten wurde er allmählich gereizt und entdeckte eine Form des Lebens, die er bis dahin noch nicht kannte. Er war, nicht ohne Schwierigkeiten (durch welche Betten und über welche Hindernisse!), aus dem Stadium des schlecht gelaunten, ungeschickten und gierigen kleinen Jungen in das erst vor kurzem angebrochene Stadium des blasierten jungen Mannes übergegangen. Dieser Mangel an Zeit, wenn man so sagen darf, zwischen den beiden Zuständen bewirkte, daß er hastig den Oberkellner nahezu durchschüttelte, daß er viel zu lebhaft die Garderobenfrau befragte, daß er zum Auto rannte, daß er ebenso schnell wiederkam, um unter den amüsierten Augen des bereits informierten Barmannes in Paris anzurufen. In diesem Augenblick, da er die Gründe für sein Verlassensein absolut nicht kannte, hätte er beschließen können, das Ganze zu vergessen. In dieser Art Uhrwerk, in das seine Manager, die Zeitungen und seine Eroberungen ihn eingespannt hatten, durfte es nicht den geringsten Fehler geben, sei es im Zusammenhang mit einem Vertrag oder mit einer Frau. Aber Eléonore war mit einem Taxi weggefahren, und das warf ihn um drei Jahre zurück in die Zeit, in der er Angst und Hunger und Durst hatte, in die Zeit, als das Leben nicht, so wie jetzt, gewesen war, wie er es sich wünschte. Und wie in den Geschichten, die er gelesen hatte, Geschichten, deren Held ihm immer als armseliger Schlucker erschienen war, nahm er seinen Wagen und sauste nach Paris zurück, zu ihr. Sébastien öffnete ihm, im Pullover. »Ja, sagte Sébastien, sie ist zurückgekommen, ja, der Wind war zu stark, ja, wissen Sie, sie mag keine Gasthäuser auf dem Lande, ja, wissen Sie, manchmal kann sie sich nicht so recht ausdrücken, ja, sie schläft.« In diesem Augenblick hatte er einen rettenden Einfall, er stieß Sébastien, dessen Gesicht einen skeptischen und nachsichtigen Ausdruck annahm, beinahe zur Seite, öffnete die Tür und fand dort Eléonore, die auf dem Bett ausgestreckt lag und friedlich *Die Abenteuer des Mr. Pickwick* las. Während er sie betrachtete, kamen ihm Erinnerungen, Erzählungen seiner Freunde in den Kopf, und er sagte sich, daß er nun zeigen müsse, wer hier der Herr sei. Eine Frau prügelt man einmal gut durch, und sie versteht. Oder es wäre nötig gewesen, den Schlag nicht zur Kenntnis zu nehmen und den schönen Gleichgültigen zu spielen, aber dazu war es zu spät, da er nun einmal zurückgekommen war und zitternd vor Zorn und Angst dort am Fußende ihres

Bettes in diesem miesen Appartement stand, das aber für ihn augenblicklich die schlimmste und bestverteidigtste aller Burgen geworden war. Ihm blieb nichts anderes übrig, als das Urteil zu erwarten, das alsbald eintrat.

– Du hast also auch genug gehabt von diesem schrecklichen Ort, sagte Eléonore. Hör zu, ich bin in diesem Buch gerade an der Stelle, wo Pickwick und seine Freunde zu einem Manöver auf dem Schlachtfeld sind. Ich glaube, ich habe in meinem Leben noch nie so etwas Komisches gelesen.

Und während er sie, noch sprachlos vor Wind, Zorn und Erstaunen, betrachtete, klopfte sie vergnügt auf das Kopfkissen neben sich und zwang ihn fast, während sie ihm mit dem Finger eine Stelle zeigte, sich auszustrecken. Er hatte niemals Pickwick gelesen, und als er sich beruhigt hatte und die Sätze verstehen konnte, die sie ihm mit leiser Stimme, unterbrochen von Lachen, vorlas, lachte er schließlich auch, kuschelte sich völlig entspannt an sie und verbrachte auf diese Weise einen der schönsten Nachmittage seines Lebens. Als sie gegen fünf Uhr Hunger hatten, machte ihnen Sébastien, der an diesem Tag offenbar nicht bereit war, den Manager zu spielen, Spaghetti.

Es mag bizarr erscheinen, wenn man ein Kapitel mit einem *Nota bene* beginnt, aber trotzdem, eine Sache beunruhigt mich seit gestern abend, als ich die Bemerkung machte: warum liest man in allen Kriminalromanen, wenn ein Mann, dem jemand auf den Fersen ist, die Angebote einer Prostituierten abweist: »Er stieß sie zurück«? Und jedesmal die unglückselige Beschimpfung. Sind die Prostituierten derart verbittert, eitel; oder aber haben die Männer Vergnügen an dem Gedanken, daß die Frauen, deren Beruf das ist (und ich glaube ein häufig qualvoller Beruf), einiges an Bissigkeit, Gehässigkeit und Wut empfinden müßten, wenn sie ihnen sich selbst oder ihr Geld verweigern? Jedenfalls ist das, wie ich schon sagte, ein sekundäres, aber amüsantes Problem. Wenn ich sage »sekundär«, dann bin ich mir nicht ganz sicher. Ich glaube, daß die Männer, egal von wem und egal wie, gern begehrt werden, selbst wenn das ihre Taschen ein wenig erleichtern muß. Die Frauen übrigens auch. Aber bei den Frauen ist das normaler: sie sind immer schon, was man dazu auch sagen oder tun mag, ein »Objekt«: ein Objekt zu sein, bedeutet schließlich, ruhig sein, praktisch unverletzlich, und die Unverletzlichkeit ist umso größer, als einen das nicht angreift. Aber diese großen männlichen Kinder, unsere Meister, unsere Samsons, die man der Dalilas berauben will – denn schließlich sind natürlich wir es, die ihnen neben ihrer Kraft die Haare und gleichzeitig das Herz durchtrennen –, ich finde, daß man sie im Augenblick in den Zeitungen zu schlecht behandelt. Wenn ich recht verstehe: a) verdienen sie Geld für ihren Haushalt – das ist aber auf alle Fälle ungerecht, weil sie mehr verdienen als die Frauen; b) fahren sie an den Wochenenden mit ihrer Frau, drei Kindern und einem Hund im Auto spazieren, und das ist sehr gefährlich für ihre Frauen; c) machen sie Liebe, aber einerseits scheint das bisher überschätzt worden zu sein – siehe *Marie-Claire* (noch *Marie-Claire* selbst erklärt, wie wenig wichtig ihr Geschlecht in der Angelegenheit sei); und andererseits, wenn jemals »etwas passiert«, wer hat darunter zu leiden? Nicht sie! Und es ist sehr ungerecht gegen uns, selbst wenn wir vergessen haben, zum Morgenkaffee die liebe Pille zu nehmen; e) betrügen sie ihre Frauen, trinken und ziehen es schließlich oft vor, sich in Gesellschaft von Freunden aufzuhalten, was anscheinend ein Zeichen der totalen Verachtung für uns ist; f) haben sie einen Fernsehapparat gekauft und haben die unangenehme Angewohnheit, sich davor in den Sessel zu werfen, und selbst wenn wir ihn mehr oder weniger gezwungen haben, ihn zu kaufen, ist es doch ein Zeichen der Langeweile. Und dann verlangt man, trotz allem, nicht viel von ihnen: im Leben nicht zu sehr den Mann zu spielen, sondern es wirklich zu sein, und dann könnten sie doch mal bemerken, wenn man ein neues Kleid hat, und sich darüber freuen und uns deswegen umso mehr begehren. Und was den Gedanken betrifft, daß wir ihnen Selbstgefühl vermitteln – wir ihnen! –, so sollten sie nicht zu sehr damit rechnen. Selbst wenn sie vor dreißig Jahren geboren sind, haben sie zweitausend Jahre gehabt, um uns zu unterdrücken, uns daran zu hindern, große Dinge zu unternehmen, und es scheint höchste Zeit, daß sie dafür bezahlen. Natürlich scherze ich, aber sosehr ich das männliche Gehabe gewisser Männer verabscheue, die, und das muß man auch einsehen, im allgemeinen die Frauen langweilen (und das ebenso in der Nacht wie am Tage), so muß ich doch sagen, daß mir manchmal, und gerade zu diesen Zeiten, die kleine, zärtliche und verdutzte Klage gewisser Männer ein wenig weh tut. Wie unausstehlich ist doch diese Manie, sich in Allgemeinheiten auszudrücken! Nicht der Mann, mit dem man lebt, ist es, der über »gleiche« Löhne entscheiden wird, und noch weniger ist er es, der über die Anzahl an Kindern entscheidet, die wir gern haben wollen, und noch weniger ist er es, der das Symbol jenes sogenannten Geschlechterkampfes verkörpert, mit dem man uns in den Ohren liegt. Es ist bei diesem Thema zu einfach, wenn man gewisse Lächerlichkeiten, und Gott weiß, wie viele es davon gibt, und zwar auf beiden Seiten, beschwört; es scheint mir jedoch unangebracht, genauer, dumm, wenn zwei Personen, die bisher konkret miteinander verbunden waren, aufgrund von gewissen Theorien, also Abstraktionen, zu Diskussionen kommen, die völlig abwegig und ohne Leben sind.

Was sage ich übrigens? Entweder ergänzen ein Mann und eine Frau sich auf intellektueller Ebene und können sich sagen, weshalb sie einen Zeitungsartikel oder ein Gedicht oder ein Musikstück oder ein Rennpferd mögen (und Gott weiß, wie selten dieses Bedürfnis, miteinander zu sprechen, nach einigen Jahren ist), oder aber ihre Beziehungen sind ausschließlich leidenschaftlicher Natur. »Wo bist du? Was hast du getan? Ich liebe dich nicht mehr. Ich liebe dich. Ich gehe weg. Ich bleibe da.« Wozu mag das bloß noch führen, diese Theorien: man teilt die menschliche Gattung in zwei unter dem Vorwand, sie zu versöhnen, sie zu vereinheitlichen oder sie auf die gleiche Ebene zu bringen, obwohl man weiß, daß diese Ebene von gewissen Frauen, die mehr oder weniger an Kraft oder Schwäche hatten als die anderen Frauen, schon immer erreicht, verfehlt oder überschritten wurde und daß das Ganze schließlich lächerlich ist. Ich habe Biester gesehen, die von empfindsamen Frauen geliebt wurden, und wilde Frauen, die von zarten Männern geliebt wurden etc. Ich habe niemals geglaubt, daß dieser

Begriff der sexuellen Gleichberechtigung gültig sein könnte: abgesehen vom Einkommen der Leute natürlich und von den sozusagen rassischen Diskriminierungen, die es zwischen ihnen gibt und, wie ich glaube, noch lange geben wird. Wenn man zugibt, daß jede menschliche Beziehung auf einer grundlegenden Ungleichheit beruht – einer Ungleichheit, die übrigens nicht sexueller Natur ist und die, wie ich meine, Huxley auf die genaueste und härteste Weise zusammengefaßt hat: »In der Liebe gibt es immer einen, der liebt, und den anderen, der sich lieben läßt«, und wenn man diese grausame, aber unausweichliche Wahrheit anerkennt, so wird man verstehen, daß nicht jene Ungleichheit der Geschlechter das Problem ist. Und gerade in dem Punkt lassen sich viele intelligente und gutwillige Frauen überreden. In Wahrheit sind das Paar, die Leute, die Menge vollkommen abgestumpft durch eine Lebensart, die dazu bestimmt ist, sie abzustumpfen, und die, selbst wenn sie nicht dazu bestimmt wäre, dazu führen würde. Und dann bringt man es, wohlgemerkt, gemäß den herrschenden Systemen – die verschiedene Systeme sind – fertig, die gemeinsame Erschöpfung eines Paares auf das Konto des Geschlechtsunterschiedes gehen zu lassen. Denn wer kann schließlich, Mann oder Frau, nach so vielen Arbeitsstunden nach Hause kommen, ohne etwas anderes zu haben als Hunger, Durst oder das Bedürfnis nach Schlaf? Allenfalls im ersten Jahr ihres Zusammenlebens ist das anders . . . (Genauso hat man das tiefe und meiner Ansicht nach gerechtfertigte Aufbegehren einer Generation junger Leute, die wach genug sind, bemänteln wollen, weil dies das Aufbegehren einer Zukunft war, die kein Vierzigjähriger sich wünschen würde.) Oh, man hört, wie sie sich beklagen, unsere lärmenden Vierziger: »Ach nein, die Strände sind nicht mehr, was sie einmal waren! Es gibt keine Landschaft mehr! Es gibt keine Freiheit mehr!« Und wenn man ihnen von neuem eine Jugend anbieten würde, glauben sie wirklich, daß sie die ihrer Kinder wählen würden? Sie schiene ihnen unerträglich. Sie würden verlangen, daß der große *tape recorder* ihres Daseins zurückgespult wird, und sie würden genau an dem Punkt, von dem sie hergekommen sind, wieder anfangen, und nicht der Mangel an Neugier bestimmt sie oder die Sehnsucht nach der Vergangenheit, sondern der tiefe Schrecken vor einer Zukunft, von der alles vermuten läßt, daß sie nicht heiter sein wird. Und da – dasselbe verschleiernde System – erklären sie, daß diese Generation die Gewalt liebt, daß sie nicht wiederaufbauen will an der Stelle von . . . und daß selbst die Liebe sie nicht reizt. Und doch habe ich sehr junge Leute gesehen, die auf eine mehr als romantische Weise sehr leidenschaftlich waren, nur gesteht man ihnen das nicht zu: »Die Gefühle, erlauben Sie, die gehören meiner Generation, ich habe noch Balzac und die Klassiker gelesen, und wenn mein Sohn im Bett weint, dann nur, weil ihn eine kleine Nutte, die sich im übrigen allen seinen Klassenkameraden an den Hals geworfen hat, abgewimmelt hat.« Was die Erotik betrifft: »Diese armen Kinder wissen nicht, was das ist, aber wir, Arthur, du erinnerst dich, wir haben uns mit fünfundzwanzig Jahren nicht gelangweilt?« Man muß sich trotzdem klarmachen, liebe Spießbürger jeden Alters und jeden Milieus (denn beim Thema Liebe sind die Franzosen in Anbetracht ihrer glorreichen Vergangenheit zehnmal nationalistischer als irgendein anderes Land), man muß sich darüber klar sein, daß die Liebe zwischen Leuten von zwanzig Jahren nicht nur in der Berührung von zwei Häuten besteht. Man muß unbedingt zugeben, daß diese Wölfchen mit derselben inneren Notwendigkeit auch die Wärme und die Poesie wollen – und diese Wünsche verschwinden vielleicht schneller unter den Bettüchern als zur Zeit ihrer Altvorderen, aber sie sind ebenso gebieterisch.

Auf alle Fälle, und Gott sei Dank, werden weder diese Regierung noch die späteren aus diesen jungen Leuten das machen, was sie einmal sein werden. Sie haben schon Wurzeln getrieben, und ihre Wurzeln sind der Hohn, die Verachtung und leider noch nicht die Hoffnung. Es ist recht einfach, ihnen zu sagen: »Ihr werdet sehen, wenn ihr in unserem Alter seid, werdet ihr auf dem Posten eines Abteilungsleiters soundsoviel Gehalt haben und für einen AMI-6 soundsoviel bezahlen müssen, ihr werdet sehen, wie schnell man euch geknebelt haben wird, und wenn wir es nicht sind, dann werden es die Umstände sein, das Geld oder eher das fehlende Geld.« Es schiene mir aber normaler und zärtlicher von seiten ihrer Altvorderen zu sagen: »Los, amüsiert euch, aber haut weder euren Professoren noch euren Kameraden die Fresse ein – denn die Gewalt ist wirklich ein unumkehrbares Phänomen, weil sie vor allem bürgerlich ist und weil ihr, wenn ihr sie anwendet, in derselben Scheiße landen werdet wie wir. Geht vielmehr woanders hin, geht sehr weit spazieren, weil ihr es euch ja so heiß wünscht, vergeßt die Folklore, geht zu den Hindus, mit oder ohne Haschisch, das ist leicht möglich, geht auch zu den Engländern, und, es sei denn, ihr habt keine Lust dazu, spielt mit der Erde, da euch ja seit kurzem ihr ganzer Umfang für wenige Dollars und noch weniger Zeit offensteht.« Es ist schwierig, das diesen Kindern zu sagen, die nervös, kompliziert und oft schon kaputt sind. Aber wenn sie kaputt sind, dann muß man sich auch sagen, daß man sie hat gewähren lassen und daß es in diesem Alptraum der letzten zwanzig Jahre nichts gegeben hat, das sie aus sich selbst hätte befreien können. Aber es ist nicht mehr an uns zu jammern, und Gott weiß, daß wir es reichlich getan haben. Es ist an uns zu helfen. Amen.

O Schreck! . . . Ich stelle zu meinem Entsetzen fest, daß ich unterwegs eine Person völlig vergessen habe: jenen armen Menschen, der in der Rue Pierre Charron von Eléonores Nacken fasziniert war und der in ihrem Leben eine bizarre und obsessive Rolle spielen sollte. Nun ist er vergessen, und so sehr ich auch versuche, mich für ihn zu interessieren, so sehe ich doch, daß er nicht Distanz halten wird. Alles in allem, umso schlimmer. Was ich auch immer für macchiavellistische Pläne gehabt haben mag, er wäre ein Mann gewesen, der in einem sonnigen Restaurant Eléonores Profil starr betrachtet hätte. Damit endet seine Rolle. Jeder kann seine Statisten unterwegs verlieren, aber diesem hier werde ich aus Höflichkeit einen Namen geben, bevor ich ihn für immer aus meinen Schriften streiche: er heißt Jean-Pierre Bouldot, er ist seit zwanzig Jahren Bankangestellter, sehr schlecht bezahlt und, wie man sagt, ein guter Bürger. Er bezahlt pünktlich seine Steuern, nicht ohne Schwierigkeiten, seine Frau ist lau, seine Kinder eher mittelmäßig, und er steigt jeden Tag in »Auber« in die Métro. Er hat immer gehofft, daß die Veränderungen dieser Métro ihn vom technischen Gesichtspunkt her interessieren würden, denn schließlich wäre er gern Ingenieur geworden. Er hatte gehofft, daß dadurch die menschlichen Beziehungen vereinfacht würden und daß es für ihn eine Art Fest sein würde, jeden Morgen die Treppen hinunterzusteigen und sie jeden Abend wieder hinaufzusteigen. Leider war das etwas zu kompliziert, etwas zu abstrakt, und seine mit lauter Stimme zum Ausdruck gebrachte Begeisterung hatte bei anderen Passagieren überhaupt kein Echo gefunden. Nichtsdestoweniger ist es ihm mittlerweile gelungen, sich durchzuschlagen: er lebt mit dem Métro-

Billet zwischen den Zähnen, und er kommt jeden Abend rechtzeitig nach Hause, um, je nach den Umständen, seine Kinder zu trösten oder zu ohrfeigen. An dem Tag, an dem er Eléonore begegnete, hatte er so viele Züge verpaßt, war er so oft falsch umgestiegen, hatte er so geschwitzt und war so außer Atem geraten in diesem Labyrinth, das für ihn zur schlimmsten aller Steppen in den wüstesten Western geworden war, daß er geschlagen bei den Champs-Elysées ausgestiegen war. Und hier war er zwar ein Nutznießer des Fortschritts, konnte sich aber seinem Bürochef, Monsieur Colt-Roillard gegenüber keine andere Entschuldigung als Grippe ausdenken (eine Entschuldigung jedenfalls, die ihm verbot, das Büro am Nachmittag zu betreten), und er hatte beschlossen, in einer Snackbar in der Rue Pierre Charron zu essen. Dort hatte er Eléonore gesehen, wie jemanden, den man schon immer gekannt hat und von dem man weiß, daß man ihn nie kennenlernen wird. Lange Zeit später, nachdem er zwischen diesen Métrostationen, die auf seiner gewohnten Bahnlinie lagen, und jener unerbittlichen Bahn, die sein Schicksal war, vor sich hingeträumt hatte, war er in dem Moment, da ich davon spreche, schließlich so weit gekommen, Eléonore völlig zu vergessen. Jean-Pierre Bouldot ab.

Inzwischen war Bruno recht glücklich. Er war in das Lager der Van Milhems eingedrungen. Er wurde von Sébastien, den er einigermaßen amüsierte, zugleich belächelt und unterstützt, und er wurde von Eléonore empfangen, die sich offenbar darauf beschränkte, ihm nur ihren Körper zu gewähren. Aber wenn er nicht neben ihr erwachte und versuchte, sie mit kleinen fragenden und zärtlichen Kopfstößen auch zu wecken, dann entzückte es ihn, wie sie ihn erstaunt ansah, gähnte und sich zu ihm umdrehte, Bauch an Bauch, Rücken an Rücken unter ihren Händen, und es entzückte ihn auch, wie ihr Atem schneller ging – und all das konnte er allein durch seine Gesten hervorrufen. Denn keines seiner Worte, keiner seiner Gedanken schien Eléonore zu irritieren, zärtlich zu stimmen oder zu erniedrigen. Mit heißem Blut an sie geschmiegt erwartete er friedlich, ohne es zu wissen, daß sie ihn verjagte. Und da kehrte Robert Bessy aus New York zurück. Er hatte drei schwierige

Wochen hinter sich, die Geschäfte waren mühevoll gewesen, und er hatte sich im Interesse der Sache mit verschiedenen Beruhigungsmitteln vollstopfen müssen. Er kehrte genauso hilflos nach Paris zurück wie er fortgegangen war. Das heißt: klein, dick und wenig seiner selbst gewiß. Der einzige Gedanke, der ihn wieder aufrichtete, war gerade der an seine Freunde Van Milhem, diese schönen Van Milhems, die nicht einen Augenblick lang vom Dollarsturm gestreift wurden, und an diesen etwas zu schönen, etwas zu verrückten Bruno, den er mit Geduld und Zugeständnissen ziemlich hoch hinauf gebracht hatte. Sein Gefühl für ihn war durchaus geschmackvoll, da er niemals etwas Leidenschaftliches von ihm erwartete und da er, Robert Bessy, mit vierzig Jahren durch diese Beziehung genauso zart und verzweifelt geworden war wie ein kleines Kind. Niemand war am Flughafen, aber er fand in seiner Wohnung eine Nachricht für ihn, in dieser Wohnung in der Rue de Fleurus, über der Eléonore und Sébastien gewohnt hatten, in der Wohnung, die er behalten hatte, weil sie der Ort seiner ersten Begegnungen mit Bruno gewesen war, jener Wohnung, die jetzt verlassen war, ohne Leben, ohne Blumen und in ihrem englischen Stil tausendmal mehr zum Verzweifeln als die augenblickliche, wüstenhaft leere Wohnung der Van Milhems. Es gibt eine Art von Bequemlichkeit, von Luxus und Wohlleben, die vielleicht nur erträglich ist, wenn man sie zu zweit oder zu zehnt teilt, und die für den einsamen Robert unerträglich wurde. Was sollten die beiden Regency-Sessel neben einem erloschenen Kamin, was sollte dieser hinreißende Blick über die Dächer, was sollte die aus elektrotechnischer Sicht perfekt eingerichtete Küche, was sollte dieser Garderobenständer, auf den er seinen Mantel warf, was sollte dieses Gepäck mit seinen verträumten Etiketten »TWA« »NEW YORK« »PARIS« und was sollte vor allem sein Gesicht im Spiegel, dieses schlecht rasierte Gesicht, dessen Bart er nie gemocht hatte? Er versuchte, all das der berühmten Zeitverschiebung zuzuschreiben, die bekanntlich von allen Reisenden als Entschuldigung wiederholt wird. Als jämmerliche Astronauten haben sie schnell die Schwächlichkeit ihres Blutes mit den großen Schablonen des Jahrhunderts vermischt: mit der Entfernung, der Stunde, der nervösen Erschöpfung. Kurz, er nahm einige Tabletten, die halb aufputschten, halb beruhigten, und nahm, mit schlafwandlerischen Gesten, ein Bad, rasierte sich, zog sich um usw. Er war um drei Uhr nachmittags, Ortszeit, angekommen, es war fünf Uhr nachmittags, ebenfalls Ortszeit, und er hatte den Eindruck, daß es Mitternacht sei, Empfindungszeit. Statt in seinem Büro anzurufen, setzte er sich auf sein Bett, war in jeder Hinsicht unfähig, sein Gepäck auszupacken, und wartete. Eine Stunde später, eine Stunde, die ihm als Gipfel der Traurigkeit und Einsamkeit erschien, wurde er angerufen. Es waren Sébastien, Eléonore und Bruno, die ihn aus einer Bar anriefen: sie hatten ihn nicht früher stören wollen, damit er sich ein bißchen ausruhen könne. Der gute Wille begeht solche Verbrechen ... Er gab sich einen heiteren, unbeschwerten Anschein, und als Bruno am Telefon sagte (er hatte eine neue Stimme, der Bruno): »Wenn du willst, wird ›man‹ dich abholen, wenn du willst, wird ›man‹ dich woanders treffen, wenn du willst, kommen ›wir‹ zu dir«, wußte er sofort ganz entschieden, daß die kleinen Schläge gegen sein Herz, die er mit diesem ›man‹ und diesem ›wir‹, mit dieser Abwesenheit der ›anderen‹ einsteckte, nur das Vorspiel zu einem gewaltigen und schmerzlichen Getrommel waren, das ihm keinen Frieden mehr lassen würde. Die anderen, das waren die anderen, und das war folglich die Hölle. Und er, das war er ganz allein, der angezogen und gut rasiert die Stunde seiner Vorladung, das heißt, seiner Verurteilung eineinhalb Stunden später erwartete. Und obendrein, sagte er sich mit Bitterkeit, war wirklich keiner schuld daran, weder Bruno, von dem er genau wußte, daß er Frauen vorzog, noch Sébastien, der diese Art von Geschichte – das heißt, die seine, ja! – niemals hatte ernst nehmen können, noch Eléonore, die schon immer einfing, wen sie wollte; und die, wenn er mit ihr gesprochen hätte, Bruno sicherlich sofort von sich geschoben hätte, um ihn ihm wiederzugeben. Aber niemand kann einem jemals jemand wiedergeben: man muß nehmen und bewahren. Und er, dieser gute und tapfere Robert Bessy, war immer unfähig dazu gewesen. Während er sich diesen drei unbekümmerten Raubkatzen näherte, fühlte er sich wie Daniel, der auf die Löwengrube zuging. Nur daß Daniel schön, schlank und jung war, und die Löwen sich ihm zu Füßen legten. Diese seine Löwen aber würden ihn bald vergnügt und freundlich mit ihren eleganten Pranken stoßen, deren Krallen niemals gut genug gefeilt waren. Sie würden ihn, ohne sich darüber im klaren zu sein, säuberlich zerfleischen und ihn dann allein nach Hause zurückschicken, in diese Wohnung, in der er nichts Lebendiges mehr zu betrachten hatte, nur seinen Koffer. Auf alle Fälle steckte er sich zwei zusätzliche kleine Tabletten in seine Westentasche – diese beruhigende Weste –, dann wartete er; während er seine Füße betrachtete, die schwarzen Spitzen seiner prächtigen Schuhe, die er für dreißig Dollar bei Sacks in der 5th Avenue gekauft hatte, wundervolle Mokassins, von denen er übrigens auch ein Paar für Bruno mitgebracht hatte, wartete er, daß die Nacht hereinbräche und die Stunde des Opfers käme.

Die Stadt ist leer, und ich frage mich mit einer gewissen Faszination, ob eines Tages die Leute zurückkehren werden. Ich weiß, daß sie alle in ihren verschiedenen Maschinen auf den Straßen sind und ähnlichen Vergnügungen oder Toden entgegenfahren, und ich, ich fühle mich ziemlich frei, geschützt. Ich komme mir vor wie jener Vogel, der mir direkt gegenüber wohnt, mein nächster Nachbar, wenn man so will, der sein Zelt in einem gestutzten Baum aufgeschlagen hat, welcher nichtsdestoweniger einen entsetzlich lebendigen Eindruck macht, vielleicht sogar lebendiger als die anderen – jene, die mit Blättern, Knospen und Versprechungen bedeckt sind. Weil dieser Baum nackt ist, wirkt er beschädigt und ist es im übrigen nicht. Jedenfalls, ob er nun geliebt wird oder weiß der Kuckuck aus was für Bequemlichkeitsgründen, ist dieser Baum immer voller Vögel. Mit einer Baumsäge – ich glaube, so nennt man das – haben sie zu meinem lebhaften Bedauern, das, ich gestehe es, eher dem Gehör als dem Gefühl entsprang, diesen Nachbarn beschnitten. Denn in Paris stutzt man die Bäume immer in der Morgendämmerung. Diese kühnen Arbeiter, die in einer Höhe saßen, daß sie mich sowohl aus Angst um sie wie vor Wut über meinen verlorenen Schlaf zittern ließen, zerschneiden diese unglücklichen Kastanienbäume.

Gleichsam um ihn zu trösten – ich spreche immer noch von meinem Baum –, haben die Vögel seine Einschnitte, seine Amputationsstellen als Zuflucht erwählt. Er wird viel mehr besucht als die anderen, die lebendigen. Sieh da, bei diesem Thema frage ich mich, wo ich später einmal eine Zuflucht finden werde. Man kann auf so viel verschiedene Arten sterben, und es gibt so wenig elegante. Sicherlich, es gibt die »zerknitterte Stahlhochzeit«, von der Blondin in bezug auf Nimier spricht; es gibt ein aus der Mode gekommenes ruhiges Alter am Kamin in irgendeiner Provinz mit mehr oder weniger lästigen Enkelkindern, die einem über die Beine krabbeln; es gibt den Selbstmord, diesen Abhang, von dem man niemals sprechen darf; es gibt auch komische Lösungen. Im Grunde habe ich nicht aus Prinzip, sondern aus einer Faulheit, die bei mir zum Prinzip geworden ist, immer abgelehnt, Mitglied einer Jury zu werden, oder das, was man Verantwortlichkeit in der literarischen Welt nennt, auf mich zu nehmen, aber heute, während ich hoch droben auf meinem Balkon stehe und zuschaue, wie ein mißgelaunter Hund, ein ungeduldiger Vater und ein weinendes Kind vorbeigehen, sehe ich mich sehr deutlich, wie ich später, mit verschiedenen Auszeichnungen geschmückt, liebenswürdig und immer noch ein bißchen wirr, was die Aussprache betrifft (es gibt wenig Hoffnung, daß das Alter die Dinge regeln wird), bei einem Bankett im Drouant oder im Maxim, es kommt mir nicht so darauf an, throne. Ich bin vierundsiebzig Jahre alt. Mein vierter Ehemann ist gerade ganz einfach gestorben, wie man so sagt, ich bin in Schwarz, und meine Auszeichnungen sehen darauf umso besser aus. Ich habe gerade eine kleine Scholle mit Zitrone verspeist, denn mein Arzt hat mir jede Ausschweifung verboten. Der Großneffe von Edgar Schneider oder ein anderer interviewt mich, nicht ohne Schwierigkeiten, denn mit Hilfe eines Gläschens Chablis habe ich ein wenig den Kopf verloren. Ich erkläre ihm nichtsdestoweniger, daß dieser neue preisgekrönte Roman wunderbar sei und daß wir, meine Kameradinnen Duras, Mallet-Jori und ich selbst, sehr erfreut darüber seien, ein neues Talent ausgezeichnet zu haben. Unterdessen fange ich an zu kreischen, denn ich habe meine Himbeertorte nicht bekommen, und das Alter hat mich gefräßig gemacht. Benoît IV, mein letzter Chauffeur, legt mir, gleichmütig, meinen Mantel aus pommerschem Storch über die Schultern (das ist 2010 der letzte Schrei in Pelz). Der Preisträger, schon in Moa gekleidet, küßt mir überschwenglich die Hände. Benoît IV öffnet mir die Tür unseres Luftwagens, und wir landen, nicht ohne anderen befreundeten Luftwagen begegnet zu sein, in der Rue Guynemer auf der Terrasse. Bis auf den Pferdemist ist die Strecke Invalides-Champs-Elysées den Champs-Elysées zu Zolas Zeiten ähnlich geworden. Dank der äußerst wirksamen Spritzen von Dr. Jekyll (Hyde Park) herrscht Lecanuet immer noch über Frankreich. Der Strand der Côte d'Azur ist wegen Verschmutzung in einem Streifen von mindestens fünf Kilometer Breite für Urlauber gesperrt. Oh! Ich habe einiges erlebt, ich werde alles erlebt haben, bevor ich sterbe . . . Ich habe gesehen, wie Frauen, die wieder zu Wilden geworden waren, die Archive ihrer Chefs auf dem Place de la Concorde verbrannten. Ich habe Kinder gesehen, die ihre Eltern unter der Peitsche führten, weil sie an ihnen nicht die geringsten sexuellen Abweichungen ertrugen. »Oh!« sagten sie, »Achtung vor Traumata!« Und die glücklichen, endlich ruhigen, endlich verantwortungslosen, weil gebändigten Eltern folgten diesen kleinen entfesselten Gnomen auf dem Fuße, deren Hauptsorge (offenbar freudianisch, wie eine gewisse Gregoire behauptet) war, ihnen jegliche Nahrung zu entziehen. Ich habe gesehen, wie »die Sanduhr der Erde und des Himmels sich umkehrte« (vgl. Eluard). Ich habe gesehen, wie in Paris unbekümmert grüne Pflanzen sprossen. Ich habe liebestolle Leute gesehen, die akzeptierten, daß ihre Liebe einseitig war. Ich habe gesehen, wie Freunde ihren Freunden ihre Mäntel gaben, wenn sie gleich wußten, daß jene es niemals wissen würden. Ich habe gesehen, wie Bauern im Schatten ihrer Kühe ausgestreckt Gedichte lasen und mir zuriefen, als ich vorüberging: »Wissen Sie, die Erde ist blau wie eine Orange!« Ich habe gesehen, wie Fische trunken von Verzweiflung (im allgemeinen Gründlinge, ich weiß nicht warum) sich mit verdrehten Augen auf einen eisernen Angelhaken warfen. Ich habe gesehen, wie Uhus sich versteckten und sich ganze Nächte lang weigerten, die Augen zu öffnen, so sehr hatten sie die Nase voll von unserem Glück.

– Nehmen wir etwas Kaviar? sagte Robert.

Er war einer der letzten Überlebenden aus einer schlechternährten Generation, für den das Wort »Kaviar« oder das Wort »Champagner« noch immer einen festlichen Beiklang hatte. Unglücklicherweise hatte Eléonore nie Kaviar gemocht. Sébastien vertrug ihn schlecht. Und Bruno brachte ihm, seit er meinte, daß er ihn sich lange leisten könne, ein herablassendes Interesse entgegen. Sie umgaben ihn alle drei, herzlich und sehr entfernt, wie in einem Traum, und er versuchte, wie ein unbeliebter kleiner Junge auf dem Schulhof, sie alle auf seine Seite zu bringen, einen nach dem anderen. Zunächst natürlich Bruno. Den herrlichen, strahlenden Bruno, der blonder und blauer denn je war, wie jene Figuren Prousts, von dem er nur die Biographie gelesen hatte, als ob seine neue Leidenschaft für Eléonore durch ein seltsames Phänomen seine natürlichen Farben verstärkt hätte, sie flammend gemacht hätte.

Denn man konnte jetzt nicht mehr daran zweifeln, er war sehr verliebt in Eléonore. All seine Gesten geschahen ihr gegenüber, zu ihr hin, für sie, und die anmutige, aber reservierte Aufnahme, die sie seinen Huldigungen entgegenbrachte, war um so beunruhigender für Robert. Diese Haltung zeigte tatsächlich an, daß sie Bruno noch nicht liebte, daß sie sich in dieser Affäre ihm gegenüber verspätet hatte, das heißt, ihm voraus war. Und Robert wußte sehr wohl, er, der immer zu früh geliebt hatte, daß diese leichte Verspätung im allgemeinen nicht mehr aufzuholen war. Sébastien tat, was er konnte, um die Probleme dieses armen Robert zu verstehen, aber er hatte einen natürlichen Hang zum Lachen, und es gab auf jeden Fall tausend Erklärungen für den panischen Ausdruck, der manchmal das Gesicht seines Freundes überzog: die Reise, die Müdigkeit, die Nervosität, ja, vielleicht sogar diese Affäre zwischen Eléonore und Bruno, eine Affäre, von der er jedenfalls wußte, daß sie ohne wirkliche Bedeutung war, die aber ernster werden konnte, als er glauben mochte. Robert hätte doch wissen sollen, daß Bruno die Frauen liebte, daß Eléonore nicht seine erste Geliebte war, noch seine letzte und daß die Nonchalance, mit der seine Schwester ihre Liebesaffären behandelte, eine Bürgschaft für die Zukunft war. Eléonore wiederum bemühte sich (aus Zartgefühl Robert gegenüber), den Schwung ihres jungen Liebhabers einzudämmen, ja, sogar ihn zu ersticken, und ihre Unbekümmertheit war ausgeprägter als je zuvor. Was Bruno natürlich noch heftiger machte als gewöhnlich und noch ungeduldiger. Er wußte nicht, worauf er diese halbe Gleichgültigkeit zurückführen sollte, die ihn im übrigen leiden ließ, und er konnte sich darüber hinaus nicht vorstellen, daß Eléonore von seinem früheren Verhältnis mit Robert wußte. Junge Männer, selbst zynische, haben derartige Vorbehalte und glauben, daß sie sie mit anderen teilen. Weil er überhaupt nicht begriff, weshalb er derart litt, beschloß er auch noch, daß es Roberts Schuld sei, dieses fremden Elementes, das nach vierzehn Tagen Abwesenheit in ihr zauberhaftes Trio eingedrungen war. Sie hatten alle recht, und alle benahmen sich gut. Nur war da dieses auf dem rosa Tischtuch des Restaurants gekreuzigte Tier, und das war Robert. Nachdem der Kaviar abgelehnt worden war, wurden die Olivenente und danach Käse ebenfalls zurückgewiesen und dann ein Sorbet einstimmig angenommen. Jeder dieser Gänge und vor allem jedes Zeitintervall dazwischen war für Robert eine außerordentliche Folter. Zu irgendeinem Zeitpunkt griff er nach seinen kleinen Beruhigungstabletten (jene, die er vorsichtshalber in seine Westentasche hatte gleiten lassen), schluckte sie laut lachend und erklärte, daß ihm diese amerikanischen Menüs, so gesund sie auch sein mochten, Magenschmerzen verursachten. Sie einigten sich über eine Bar, in der sie ein letztes Glas trinken wollten, und das Wort »letztes Glas« ließ Robert zusammenzucken wie eine anstößige Bemerkung. Er ertappte sich dennoch dabei, wie er als pedantischer Geschäftsmann die Rechnung an sich nahm, um sie seinen Spesen zuzurechnen, und das ließ ihn lächeln. Welch unverständliche, aberwitzige Posse! Das Leben war für ihn niemals etwas anderes als das gewesen. Sein natürlicher guter Wille, sein Temperament, seine Bewunderungen und etwas später sein Geschmack hatten die Zeit, die er zu leben hatte, in eine schreckliche Mischung verwandelt, darin ihn jede einzelne Sekunde verwunden konnte. Er saß mit weit geöffneten Augen im Taxi, mit einem Mal vollkommen hellsichtig, und beobachtete nicht einmal mehr, wie Brunos Hand im Dunkel des Autos Eléonores Hand umklammerte. Der Ort, zu dem sie gingen, »um sich zu amüsieren«, war die Hölle Dantes oder die des Hieronymus Bosch. Und dann sagte er »hallo, hallo«, schüttelte Hände, und als ein alter Komplize augenzwinkernd auf Bruno wies, lächelte er fröhlich mit dem Ausdruck von Einverständnis, wie er es drei Jahre zuvor getan hatte. Die Musik, der Rauch, der Alkohol waren nicht mehr angenehmer Schwindel, sondern sie waren zu schrecklichen, unvermeidlichen Zwängen geworden, die nie mehr seinen Fall aufhalten konnten. Eine Stunde verging, die lang war. Sébastien träumte vor sich hin, Eléonore tanzte so wenig wie möglich, aber dies wenig war schon zu viel, denn Bruno bestürmte sie mit Fragen, sowie sie allein waren. Robert wartete. Er erwartete den Gnadenstoß, der nicht mehr lange ausbleiben konnte. Als sie betäubt und etwas erschöpft fortgingen, erklärten

Sébastien und Eléonore, daß sie gemeinsam nach Hause gehen würden, zu Fuß, allein, und nachdem sie ihn herzlich umarmt hatten, entfernten sie sich in die Nacht. Bruno aber erklärte überstürzt, mit abgewandtem Blick, daß er seit zwei Tagen eine Verabredung mit Kameraden habe und ihn später anrufen werde. Robert, der nun allein geblieben war, rief ein Taxi, und als er davonfuhr, sah er, ohne daß es ihn im mindesten zusätzlich verwunderte, wie Bruno, der einmal um das Haus herumgegangen war, wie ein Verrückter auf Eléonores Behausung zulief, auf diese kleine Wohnung, die er, Robert, dank seiner Concierge an einem Augustabend aufgestöbert hatte, ohne zu wissen, daß dieser etwas jämmerliche Ort für ihn von nun an das verlorene Paradies heißen würde. Sei es aus Müdigkeit, die von der offenbar mörderischen Zeitverschiebung herrührte, oder aus einem bedeutenderen Grund, von dem es ihm erschien, als habe er sich immer gesträubt, ihn zu verstehen, tötete sich Robert in dieser Nacht. Er schluckte ohne Schwierigkeiten die übrigen Pillen, und zufällig war es die richtige Dosis. Er stolperte, wie man in manchen Kriminalromanen sagt. Und dieser Argotausdruck ist poetisch genug, weil er, der über das Leben gestolpert war, nicht hatte darüber hinweggehen können. Da stolpern herrliche, blutvolle Pferde über eine Hecke, kommen nicht hoch oder nur mühsam, und der Tierarzt muß ihre Geschichte beenden. Robert Bessy war weder herrlich noch blutvoll, und er kam ohne Tierarzt aus.

Ich habe also meine Helden in die teuflischste, unerträglichste und widerwärtigste Situation gebracht: sich für einen Tod verantwortlich zu fühlen, den man in keiner Weise herbeigewünscht und den man auch in keiner Weise vorausgesehen hat. Wenn ich im Verlaufe dieses Buches die Apologie der Phantasie gehalten habe, so gerade aus diesem Grund: das Glück und das Unglück, die Unbekümmertheit, die Lebensfreude sind vollkommen gesunde Elemente, auf die man vollkommen ein Recht hat und von denen man nie genug bekommt, die aber blind machen. Die Situation meiner beiden Schweden und meines kleinen Franzosen, wie sie in der Morgendämmerung von dem Tod ihres Freundes, einem Tod aus Verzweiflung, aus Verlassenheit, erfuhren, ist eine vollkommen unlösbare Situation. Sébastien war traurig und fühlte sich noch verständnisloser, als er wirklich war, er fühlte sich sogar brutal, denn in solchen Fällen zieht man es vor, sich Fehler anzudichten, statt seine Mängel zu erkennen. Eléonore fühlte sich überflüssig. Bruno aber, der am meisten betroffen war, hatte die Roheit und Gutgläubigkeit seines Alters, das heißt, er dachte nur an eins: die Folgen, die Roberts Tod für seine Beziehung zu den Van Milhems haben würde. Davon werde ich später sprechen, aber es wäre gut, wenn die Leute, die Selbstmord begehen und die einem nicht ermöglichen, es zu übersehen, ein für allemal wüßten, daß sie weder Kummer, wirklichen Kummer hervorrufen, noch Reue. Und dennoch ist das immer ihr Ziel. Was sie hervorrufen, ist ein Scheinmanöver, auf jeden Fall den verzweifelten Versuch eines Scheinmanövers. Und daher sind ihre betroffenen Freunde, wie es auch immer mit ihrer wirklichen Trauer stehen mag, weit mehr damit beschäftigt, den anderen zu erklären, wie sehr sie nicht verstanden haben, wie sehr sie nicht verstehen konnten: »Du weißt, wie sie war«, kurz, mehr damit beschäftigt, sich ein Alibi zu schmieden, als sie zu beweinen. Ich habe in meinem Leben, weiß Gott, Selbstmorde gesehen. Ich habe schöne gesehen, saubere, klägliche, mißlungene, wiederholte. Ich glaube zu diesem Thema nichts mehr. Es ist nicht wahr, daß die Leute nach einem mißglückten Versuch, wenn man so sagen darf, nicht wieder anfangen. Es ist nach meiner Ansicht und gegen die der Psychiater nicht wahr, daß man zum Selbstmörder geboren wird. Dagegen glaube ich wirklich, daß es, wenn man sich daran gewöhnt hat, dadurch die Aufmerksamkeit der anderen auf sich zu ziehen, keinen anderen Weg mehr gibt. Da nun einmal neunzig Prozent der menschlichen Wesen (und ich bin noch großzügig) das Ziel haben, die Aufmerksamkeit auf sich zu lenken, könnte man beinahe Statistiken aufstellen und in extremen und wahnsinnigen Fällen durch ein lächerliches INFAS sehr genau bestimmen, wie viele Schlafmittel gewählt haben, wie viele die Verführung und wie viele den Stolz. Nur gibt es einen wahren Alptraum für jene, die dableiben, das ist das »wenn«. Der Konditional, der Modus des Konditionals, sowie er konjugiert wird, hat mich immer maßlos gelangweilt. Für mich ist das »Wenn ich gewußt hätte«, das »Wenn ich verstanden hätte«, kurz, das »Wenn« immer etwas Totes gewesen, weil es erdacht wurde, bevor es gelebt ist, und daher unannehmbar. »Wenn das Wörtchen wenn nicht wär«, erschien mir immer als Gipfel von Dummheit, Lächerlichkeit und Verachtung, denn wenn man schließlich wüßte, warum man lebt, wenn man wüßte, warum jemand, den man liebt, stirbt, oder vielleicht noch einfacher, wenn man wüßte, warum jemand, den man liebt, einen nicht mehr liebt, dann wüßte man so einiges! Das Entsetzen der Freunde vor dem Selbstmord liegt darin, daß dieses »wenn«, das man einmal mehr setzt, plötzlich fixiert ist, in jedem Fall in Zeit und Raum festgelegt: »Das ist doch nicht möglich, ich habe Arthur um drei Uhr verlassen, es schien ihm sehr gut zu gehen. Wenn ich gewußt hätte, daß . . .« »Das ist doch nicht möglich, ich habe ihn vor dem Flore getroffen, er war ganz braun, er winkte mir zu. Wenn ...« Und diese Masse kleiner Erinnerungen, die einem alle Welt erzählt, wird zu einer Bande von Barracudas, die fest entschlossen ist, einem die Haut über die Ohren zu ziehen. All diese Erinnerungen sind lokalisiert, also unerträglich. Weil ich schließlich, wenn ich in der Zeitung lese, daß Arthur bei einem Autounfall ums Leben gekommen ist (denn das ist anscheinend die geläufigste Todesart), nun ja, je nach meiner Beziehung zu Arthur, mit dem Kopf gegen die Wand renne, seine Mutter anrufe, weine oder ganz einfach sage »der arme Arthur, er fuhr so schlecht«. Wenn aber derselbe Arthur zu dem Schluß gekommen ist, daß letztlich das Leben nicht möglich sei und damit in gewisser Weise auch das meine nicht, denn ich spreche ja von einem Freund, wenn niemand ihn daran hindern konnte, weder seine Freunde, noch meine Freunde, noch ich selbst, und wenn Arthur tot und irgendwo erstarrt ist, komme ich dazu, mich zu fragen, ob Arthur nicht manchmal recht hatte, einer unserer Arthurs. Wenn man sich tötet, schlägt man nicht nur das Herz der Leute, ihre Zärtlichkeit für einen, ihren Sinn für Verantwortung einem gegenüber in Scherben, sondern auch ihren eigentlichen Grund des Daseins, und der ist, wenn sie wirklich darüber nachdenken, nichts weiter als ein Hauch, als der Pulsschlag und manchmal jener geblendete Blick vor einem Garten, einem menschlichen Wesen oder einem Plan, so dumm er auch sein mag. Das wirft alles zu Boden. Die Selbstmörder sind sehr mutig und sehr schuldig. Ich habe zu viele von ihnen geliebt, um sie endgültig verurteilen zu können, und nebenbei, wie könnte ich jemand verurteilen? Aber eine gewisse Rücksichtnahme wie etwa ein vorgetäuschter und natürlich einsamer Unfall erscheint mir trotz allem menschlicher, freundlicher – das Wort ist schwach, und gerade deswegen gefällt es mir – als die Art, jemandem seine Leiche ins Gesicht zu schleudern und ihm zu sagen: »Siehst du, du hast nichts verhindern können.« Sie mögen mich im Augenblick in Ruhe lassen, alle meine neurasthenischen Freunde, sie mögen auf ihren Cassettenrecordern in ihren 2 CVs oder in ihren Ferraris Schumann oder Wagner spielen, aber sie sollen um Himmels willen so tun als ob. Eleganz, ein bißchen Eleganz! . . . Man sollte sich nicht, weil das Leben so wenig elegant ist, genauso wie es benehmen. Sie mögen uns die Tabletten, die Schüsse, ja, selbst das Gas, das so häßlich macht, ersparen, sie mögen uns all das ersparen, und sie mögen so gnädig sein, uns im Glauben zu lassen, daß das Leben für sie Zauber war, Schönheit, Lustschlößchen im Sinne des achtzehnten Jahrhunderts, daß es wirklich ein unglücklicher Zufall war, der es ihnen entrissen hatte, und daß sie uns jetzt, sechs Fuß tief unter der Erde und von Gras überwachsen, beneiden, weil wir noch da sind und es genießen. Mir scheint, daß dies das mindeste Geschenk ist, was man den Menschen machen kann, die man liebt, jenen, die man fallenläßt. Auf alle Fälle kann ich nichts Ernsthaftes zu diesem Thema sagen, weil ich wie ein jeder, so wie wir nun einmal sind, durch die goldenen Flammenringe dieser Versuchung gesprungen bin, wie ein jeder empfand ich Angst und Neid, und wie ein jeder hätte ich diese Ringe und diese Sprungbretter zu gewissen Zeiten gern vervielfacht. Seitdem hat sich etwas ereignet, sei es ein leichter Ekel vor diesem Vorgehen, sei es, daß ich wieder einen leichten Geschmack an mir selbst gewonnen habe, oder ganz einfach die Angst davor, wann es angemessen sei oder wann es unangemessen sei. Die Händel der menschlichen Wesen mit ihrem freiwilligen Tod sind gleichzeitig die elegantesten und die obszönsten, die es gibt. Wenn ich es vorgezogen habe, auf platte Weise über den Tod dieses armen Burschen zu reden, so, weil ich diese Art von Aufschrei über sich selbst nicht leiden kann, diesen Schrei, der für ihn wohl »Bruno« gewesen wäre, »Mama« oder »mein Gott« oder »ich habe Schmerzen« oder »ich habe Durst«, diesen Schrei, der verhindert, daß der Tod je triumphiert.

Es regnete Bindfäden, und in jener düsteren Kirche des 16. Arrondissements versuchten die Van Milhems, aufrecht, blond und müde, dem Gottesdienst zu folgen, der ihnen fremd war, da sie Protestanten waren und nicht wußten, wann sie den Kopf heben oder senken mußten, und nebenbei war es ihnen vollkommen gleichgültig. Etwas weiter entfernt saß Bruno, der sie nicht wiedergesehen hatte. Und dann war da noch diese erlesene Schar, die in Paris immer unter verschiedenen Vorwänden Hochzeiten, Taufen und Beerdigungen begleitet und die, wenn sie könnte, auch Scheidungen begleiten würde. Einige Journalisten gingen im Seitenschiff entlang und machten das, was sie als diskrete Schnappschüsse bezeichnen. Und der Priester, der längst begriffen hatte, daß der Selbstmord kein Grund ist, um eine christliche Bestattung zu verweigern, las die Messe auf französisch. Er erklärte also der Menge und den Van Milhems zusammen in einer theatralischen Sprache, die man keiner Schauspielprofessorin der Comédie Française mehr zuzuschreiben wagen würde, er erklärte also all diesen niedergeschlagenen Leuten, daß sie ihren Freund Robert Bessy auf dieser Erde nie mehr wiedersehen würden, daß er irgendwo in den Wolken verschwinden würde, daß es aber Gott sei Dank noch jemand geben würde, der ihn aufnehmen, ihn wiegen und sich um seine ewige Seligkeit sorgen würde. Wer auch immer wußte, daß dies wiegende, begeisterte und zärtliche Wesen in den Augen von Robert Bessy einzig dieser kleine, gedankenlose Tropf von Bruno gewesen war und nicht mehr sein konnte, der mußte bei diesem Gedanken entweder lächeln oder heftig weinen. Die Leute von Paris begehen Beerdigungen auf eine zugleich feierliche und groteske Weise. Sie verabreden sich vorher, essen zusammen und halten auf eine überaus rührende Art als Lebendige zusammen. Hinterher machen sie mit leiser Stimme und finsterer Miene einige Bemerkungen über die lächerliche Predigt des Priesters, und dann kommt die erstaunliche Minute, wohl die einzige, wahrhaftige, in der sie denjenigen oder diejenige, der sich für den Robin Hood oder die Jeanne d'Arc oder weiß Gott wen seiner Generation hielt, in einem kleinen hölzernen Käfig vorbeikommen sehen. Dieser kleine Käfig, sie wissen sehr wohl, daß sie sich eines Tages, sei es durch das Rauchen oder das Autofahren oder weil sie plötzlich durch einen der vielfältigen Eingriffe des Lebens verwundbar geworden sind, in ihm wiederfinden werden, horizontal vor den vertikalen Leuten, die während der Messe mehr oder weniger geflüstert haben würden. Dies ist der einzige Augenblick, in dem man sieht, wie die Gesichter der Leute sich entblößen: wenn der Sarg vorüberkommt, sei es, daß sie jemanden verloren haben, den sie liebten, und sich daran erinnern, sei es, daß sie Angst um sich selbst haben. Die Van Milhems hatten vor nichts Angst, und sie hatten etwas verloren, was sie nicht wiederbekommen konnten: diese Leiche war wirklich die Leiche ihres Glücks, die Leiche ihrer Freundlichkeit, ihrer Sorglosigkeit und schlimmer noch, ihres Seelenadels. Sie hatten es aus Zerstreutheit geschehen lassen, daß einer ihrer Freunde sich tötete, und obwohl sie niemals miteinander darüber gesprochen hatten, selbst unter dem Schlag nicht, und der Schlag war hart gewesen, gab es für jemanden, der sie gut kannte, in ihrem Verhalten tausend Kommentare, von denen einer immer schrecklicher war als der andere. Wie viele dieser gut pariserischen Toten hatte Robert Bessy Vater und Mutter in der Provinz, die nichts Besonderem ähnlich sahen, höchstens anderen Vätern und Müttern aus der Provinz, und die sich sehr aufrecht hielten. Sie gingen alle, die Manager, die Produzenten, die Cinéasten, die Schauspieler, die Freunde, sie gingen alle hin, um diesem gewissermaßen exotischen Ehepaar zu kondolieren, das nicht verstand, daß sein Sohn Päderast, Snob und einsam gewesen war und sich deswegen getötet hatte. Und die Mutter von Robert Bessy fand sogar, daß der freundschaftlichste, der beste »Kopf« der Versammlung Bruno Raffet war. Danach traten alle auf den Kirchplatz hinaus. Man lud schnell auf – denn Leichenbegängnisse haben mit der Müllabfuhr gemeinsam, daß sie sehr schnell sind –, man lud den Holzkäfig auf, und jeder fand sich im strömenden Regen wieder, einige suchten ihre Autos, denn letzten Endes ist ein Auto sehr bequem, selbst wenn man traurig ist (besonders wenn man traurig ist), einige ein Taxi. In diesem Moment kam Bruno mit nassen Haaren, schöner denn je, die Treppe herauf, den Van Milhems entgegen, die wie zwei gleichgültige, ferne, zerstreute Vögel aussahen, und einen Augenblick lang hatte er die Hoffnung, daß ihre fehlende Beziehung zu dieser schrecklichen Masse, kurz, ihre scheinbare Zerstreutheit ihm alle Möglichkeiten offenließ. Aber als er ein entsetztes Gesicht zu Eléonore aufhob und sie in gewisser Weise um Hilfe bat – damit will ich sagen, auf eine kindliche Art, in dem Stil: »Ich habe nichts getan, Sie wissen es ja, Sie können es mir doch nicht übelnehmen, daß ich Sie liebe, daß ich Sie geliebt habe« –, in diesem Moment also stieß ihn Sébastien sanft, beinah zärtlich mit der Hand fort wie ein Empfangschef und gab ihm mit dem Finger ein abweisendes Zeichen, das keineswegs ein Zeichen der Komplizenschaft war, sondern im Gegenteil ein Zeichen, das sagen wollte, er müsse wirklich aufgeben. Eléonore sah ihn nicht einmal an. Sie trug einen alten Muff, der Gott weiß woher kam, und eine vom Regen durchnäßte Kappe, und ausnahmsweise waren die Van Milhems, natürlich abgesehen von ihrer Kopfhaltung, weniger elegant als gewöhnlich. Bruno konnte sie niemals wiedersehen, er wußte es sehr wohl, daß es nicht seine Schuld war, daß sie nicht einmal glaubten, es sei seine Schuld, nur hatten die Van Milhems jemandem gegenüber gefehlt, der ihr Freund war, der sie wie ein Freund betreut hatte, und es kam überhaupt nicht in Frage, daß sie sich das vergeben würden. Noch daß »sie« es sich irgendwie in den Armen des Henkers vergeben würde. Selbst wenn dieser Henker nur durch sie zum Henker geworden war.

April 1972

Ich habe sie am selben Abend getroffen. Sie betranken sich absichtlich, und ich mich auch. Sie machten einen ziemlich verwundeten Eindruck, und ich war es auch. Ich kannte ihre Geschichte nicht, aber ich kannte die meine nur allzu gut. Ich begann, ihnen von einem Haus in der Normandie zu erzählen, das vom Winde umweht, von Bäumen umstanden war, mit Hunden und Katzen – ich will damit sagen, einem Hund und einer Katze, denn man soll nicht mehrere Hunde und Katzen haben: das wäre eine Mißachtung der tierischen Eifersucht, eine Mißachtung, die ich mißbillige. Ich erzählte ihnen also von diesem Haus, ich erzählte, wie der Wind die Fensterläden wie verrückt schlagen ließe, wie manchmal am Tage schönes Wetter sei, daß das Meer nah sei und schließlich, daß es vollkommen sei, oder sein könnte. Wir verabredeten einen ziemlich abstrakten Termin, und ich war sehr erstaunt, daß sie mich am Vorabend meiner Abreise anriefen, immer noch einverstanden. Inzwischen hatte ich ihre Geschichte gehört, zumindest die Geschichte von Robert Bessy. Ich wußte von den unaufhörlichen und vergeblichen Anrufen Bruno Raffets, ich kannte die Urteile der Leute über sie, über das, was man ihre »Arroganz« nannte, und all das gefiel mir. Wir fuhren also in einem gemieteten Mercedes ab, mit Gepäck, das fast ebenso verwüstet erschien wie die Besitzer, und schlugen die Straße nach der Normandie ein. Die Unterhaltungen in diesem Auto waren kurz. Der redseligste und vergnügteste von allen war aus Gründen, die ich nicht kenne und die zu entdecken ich keine Zeit hatte, der Chauffeur. Es schien, daß wir alle einen Modus elementarer Höflichkeit und Freundlichkeit suchten. Es schien, daß jeder von uns ganz und gar das Bedürfnis nach Hansaplast hatte. Das Haus gefiel ihnen. Es ist ein großes Haus, und es weht dort tatsächlich sehr häufig. Und es ist auch nicht sehr gepflegt, so daß jeder die Füße auf die Sofas legen kann. Der erste Abend wurde sonderbar. Wir erkannten uns, natürlich. Wir hätten jede unserer Gesten, jedes unserer Wörter austauschen können, und von dieser Tatsache sprachen wir sehr höflich, wir wichen uns beinahe aus. Der Alkohol war ein Balsam geworden, die Musik ein »Stimmungshintergrund«, wie man sagt. Der Hund, der tapsig und zärtlich die Augen auf uns heftete und verwirrt war über diese drei menschlichen Wesen, die Herrchen hätten spielen sollen, aber nur müde waren, war der einzig Lebendige unter uns. Da meine eigene Narbe weniger tief war, beschloß ich an diesem von Höflichkeit und gegenseitigen Vorbehalten überzogenen Abend, daß ich versuchen würde, ihnen zu helfen. »Morgen werde ich ihnen alles schenken, sagte ich mir. Ich werde ihnen das Gras schenken, dieses berühmte Gras, ich werde ihnen eine Ziege ohne Ohren schenken, die Eléonore bestimmt zum Lachen bringen wird, ich werde ihnen eine Art Ruhe schenken, eine Art Weigerung, Zorn und Entrüstung, ich werde ihnen sogar meinen eigenen Zorn schenken, meine eigene Entrüstung, meine eigene Weigerung, ich werde ihnen alles schenken, was ich in der Zeit von siebenunddreißig Jahren habe tun oder sein können, ich werde ihnen, wenn es mir gelingt, sogar ein Mittel schenken, ich werde versuchen, ihnen ein Mittel zu schenken, sich mit sich selbst in derselben Zeit zu versöhnen, in der ich versuche, das gleiche zu tun.« Aber Morgen, das war Morgen, und ich glaube, daß die Nacht in diesen weit voneinander entfernten Zimmern lang war, für jeden von uns.

Danach regnete es unaufhörlich. Sébastien und ich, die wir uns zu schwach fühlten, hatten die Gewohnheit angenommen, miteinander zu schlafen, mit guten Gründen oder ohne. Jedenfalls verbrachten wir unsere Tage zu Füßen von Eléonore, die immer in ihre Kriminalromane vertieft war und so elegant neben uns, die wir so schmutzig, ratlos, menschlich waren. Von Zeit zu Zeit fuhr sie uns mit ihren schönen langen Händen durch die Haare und verglich deren Dichte und Weichheit, und so wurden wir, ihr Bruder und ich, zum Spaß Rivalen und noch zärtlicher. Wir hörten nur Opern: *La Bohème, Tosca, La Traviata*, und die erhabenen Stimmen jener Sänger, gepaart mit der Einfachheit ihrer Gefühlsprobleme drangen uns ins Herz. Die von Bäumen gesäumte Allee tropfte derart vom Regen, daß der Hund es vorzog, drinnen mit uns zu spielen, statt draußen mit seinen Holzstücken. Das Feuer schnurrte und forderte uns alle zu Geständnissen auf, die wir nie machten. Das hätte das Leben sein können, gewiß, ein bizarres, aber wirkliches Leben, weil es in keiner Weise anstrengend war, und während Eléonores lange Hand über meine Wange strich und Sébastien, der *»Mi chiamano Mimi«* pfiff, seinen Kopf auf meine Schulter legte, ja, das war schon etwas. Irgend etwas Diskretes und Zärtliches und von vornherein im Eimer. Man müßte wie für Indianer Reservate für reine Herzen anlegen. Mein Landhaus war davon nicht allzuweit entfernt, denn ich wachte ebenso sorgfältig darüber wie mein allzu zärtlicher Hund und meine allzu aufmerksame Katze. Dann war da Stockholm. Ein Telegramm aus Stockholm. Ich erinnere mich jenes Nachmittags, ich lag wie gewöhnlich zwischen den Knien von Sébastien und Eléonore ausgestreckt und lachte mit ihnen, weil uns trotz allem das Lachen wieder in seinen Fallen eingefangen hatte, und ich hörte die Post kommen. Das Telegramm sagte, daß Hugo endlich wieder frei gekommen sei und daß der einzige Mensch, der niemals an Eléonore, noch an ihrer Liebe gezweifelt hatte, nicht einmal eine Minute lang, am Flughafen von Stockholm darauf wartete, daß sie zu ihm zurückkehre. Sie stand auf, und ich verstand sie, ich verstand sehr schnell, daß sie diesen Menschen, der sich in ihr irrte, wiederfinden wollte, daß sie diesen unendlichen Irrtum und diesen tröstlichen Wahn wiederfinden wollte. Denn für eine Frau, die so erschöpft war wie sie, und ich sah sehr wohl an ihren Augen und an ihren Gesten, daß sie auf gewisse Weise von diesem Paris des glitzernden Talmi-1972, das ihr Bruder für sie leuchten zu lassen suchte, genug hatte, ich sah sehr wohl, daß das die Grenze war. Bei diesem Telegramm atmete sie auf, sie atmeten auf. Ihnen gehörten die stillen Flüsse Schwedens, ihnen gehörte dieser in seiner Dummheit so großherzige Hugo, ihnen jene Welten, die ich nicht hatte kennenlernen können. Dennoch war der letzte Abend schmerzhaft. Wir saßen alle in dem kleinen Salon, die Katze auf Eléonores Knien, der Hund lag ausgestreckt und atmete noch Gott weiß was für Jagdgerüche, jedenfalls atmete er laut zwischen Sébastien und mir. Und dann senkte sich die Müdigkeit über uns, die Nervosität, und wir sagten uns »gute Nacht, bis morgen« und wußten, daß dies »morgen« ein Abschied sein würde, den die Eile, die Zeit, die Notwendigkeit verwirren würden, denn der

Zug fuhr um viertel nach zwölf, und wir waren Leute, die um viertel nach zwölf noch nicht richtig aufgewacht sind. Tatsächlich war die Fahrt etwas schmerzlich – von meinem Haus bis zum Bahnhof von Deauville. Wenn ich schmerzlich sage, meine ich stumm. Wir hatten noch fünf Minuten und verbrachten sie jeder mit der Nase am Hals des anderen. Ich wußte nicht mehr, um wen es sich handelte, und sie auch nicht. Dann begann der dumme Zug zu pfeifen und zu rauchen und Geräusche eines Zuges von sich zu geben. Und plötzlich fand ich diese beiden Gesichter an die Fenstergriffe gelehnt wieder, diese zugleich so entfernten, aber so zärtlichen Gesichter, und ich wußte, ich würde nie wieder ihnen ähnliche sehen. Ich hob die Hand. Es regnete Bindfäden. Aber weder er noch sie bat mich fortzugehen, und ich sagte mit etwas erstorbener Stimme, glaube ich, »auf Wiedersehen, auf Wiedersehen«. Eléonore Van Milhem lehnte sich hinaus (und die ganze Landschaft der Normandie schimmerte mit ihr im Fenster), und sie sagte: »Nein, nicht auf Wiedersehen, leb wohl«, in einem so sanften und bestimmten Ton, daß ich es hätte mißverstehen können, wenn ich es nicht gewußt hätte. Es war in diesem Jahr im Frühling sehr kalt in Deauville. Als ich einsam den Bahnhof verließ und mich deswegen leicht übel fühlte, war es dank jener glücklichen Stürme, die der Himmel der Normandie kennt, dennoch schön, und als ich den Wagen suchte, da traf ein unwiderruflicher Sonnenstrahl mein Gesicht, und ich wußte, daß Eléonore recht gehabt hatte und daß es das letzte Mal gewesen war, daß ich die Van Milhems von Angesicht zu Angesicht gesehen hatte, und vielleicht auch mich selbst.